U0056989

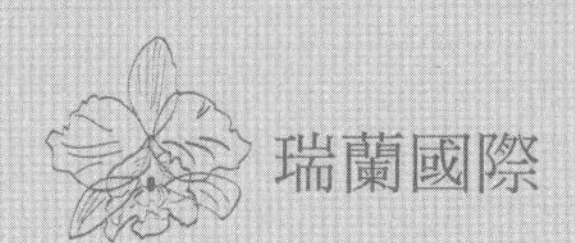
瑞蘭國際

瑞蘭國際

Fun!
有趣的韓國俚語・俗諺

陳慶智　著

Preface
作者序

韓流的盛行，帶來了韓語的學習風潮，市面上各種的韓語教材也如雨後春筍般地出現。觀察這些教材可以發現，絕大多數都是針對韓語初學者的語言學習書，但對於韓語的進階學習者，或是與韓國文化結合的教材，卻是鮮少出現。

近來語言學習的範疇，已不再侷限於語言的本身，該語言所蘊含的各種文化要素，也成為語言學習的重要對象。因此，語言結合文化的教育方式，也成了現今語言學習的趨勢。在此潮流之下，筆者嘗試在韓語中找出富含文化要素的載體，最終發現韓語中的「俚語．俗諺」，極為合適作為文化教育的題材，這也是本書撰寫的主要目的。

韓語中的「俚語．俗諺」稱為「俗談（속담）」，由字面上就可知道其流傳於民間的通俗性，而正因「俚語．俗諺」擁有此一特性，才能成為一般民眾朗朗上口的語言形式。「俚語．俗諺」不僅擁有通俗的特性，語言形式的簡練，以及文化意涵的豐富，亦是「俚語．俗諺」的明顯特徵。因此，若能正確地理解「俚語．俗諺」，並且適切地使用，就能同時達到學習韓國語言與文化的雙重目標。

為此，筆者從韓國語言能力考試（TOPIK）與韓國各大韓語教科書中，選出出現頻率較高的「俚語．俗諺」作為主題，除了實用的情境對話與例句外，更針對「俚語．俗諺」中的文化題材進行深入地探討。期盼如此結合語言與文化的韓語教材，能帶給讀者事半功倍的學習效果。

2014年3月28日

Fun！有趣的韓國俚語・俗諺

有趣的韓國俚語 · 俗諺該怎麼學呢？本書將每課分成以下幾個小單元，只需循序漸進地學習，便能自然而然地理解並使用韓國的「俚語 · 俗諺」！

Step 1：

初步推測主題俚語・俗諺的含意

主題與插畫

本書精心挑選18則韓國俚語・俗諺，並在下方置入有趣的情境插畫。在深入學習之前，先試著了解插畫中的圖與文，初步推測主題俚語・俗諺的含意。

Step 2

進一步掌握主題俚語・俗諺的使用時機

對話

利用主題俚語・俗諺作為情境對話的主軸，協助進一步掌握其意義。

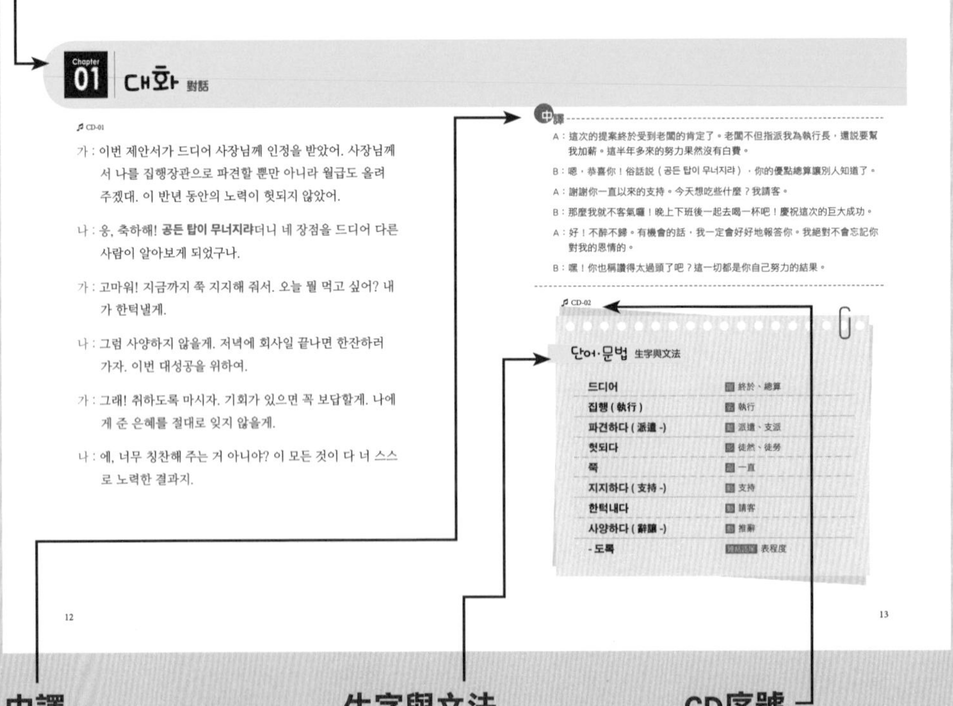

Chapter 01 대화 對話

CD-01

가 : 이번 제안서가 드디어 사장님께 인정을 받았어. 사장님께서 나를 집행장관으로 파견할 뿐만 아니라 월급도 올려 주겠대. 이 반년 동안의 노력이 헛되지 않았어.

나 : 응, 축하해! **공든 탑이 무너지랴**더니 네 장점을 드디어 다른 사람이 알아보게 되었구나.

가 : 고마워! 지금까지 쭉 지지해 줘서. 오늘 뭘 먹고 싶어? 내가 한턱낼게.

나 : 그럼 사양하지 않을게. 저녁에 회사일 끝나면 한잔하러 가자. 이번 대성공을 위하여.

가 : 그래! 취하도록 마시자. 기회가 있으면 꼭 보답할게. 나에게 준 은혜를 절대로 잊지 않을게.

나 : 에, 너무 칭찬해 주는 거 아니야? 이 모든 것이 다 너 스스로 노력한 결과지.

12

中譯

A：這次的提案終於受到老闆的肯定了。老闆不但指派我為執行長，還說要幫我加薪。這半年多來的努力果然沒有白費。

B：嗯，恭喜你！俗話說（공든 탑이 무너지랴），你的優點總算讓別人知道了。

A：謝謝你一直以來的支持。今天想吃些什麼？我請客。

B：那麼我就不客氣囉！晚上下班後一起去喝一杯吧！慶祝這次的巨大成功。

A：好！不醉不歸。有機會的話，我一定會好好地報答你。我絕對不會忘記你對我的恩情的。

B：嘿！你也稱讚得太過頭了吧？這一切都是你自己努力的結果。

CD-02

단어·문법 生字與文法

드디어	終於、總算
집행（執行）	執行
파견하다（派遣 -）	派遣、支派
헛되다	徒然、徒勞
쭉	一直
지지하다（支持 -）	支持
한턱내다	請客
사양하다（辭讓 -）	推辭
- 도록	表程度

13

中譯

對話的中文翻譯既完整且生動，但對於俚語・俗諺不特別做任何的解釋，給予更多的思索與推敲空間。

生字與文法

從對話中選出較為困難的生字與文法，藉由中文的翻譯與解釋，將能完全理解對話的內容與俚語・俗諺的使用時機。

CD序號

主題俚語・俗諺、對話、生字與文法、例句等，皆特聘韓籍名師錄製朗讀CD，可藉此矯正發音，並學習使用俚語・俗諺時的語氣。

Step 3
完全理解主題俚語・俗諺的意義

俚語・俗諺&意譯
呈現完整的主題俚語・俗諺，並在下方標示意譯，進而能與Step 1的推測相互對照，釐清俚語・俗諺的意義與其使用時機的認知差異。

相似表現
列出與主題俚語・俗諺相似的中、韓表現，除了能加強記憶之外，還能拓展語言學習的幅度。

Chapter 01 속담 俚語・俗諺

♬ CD-03

공(功)든 탑(塔)이 무너지랴

費工的塔會倒塌嗎？

意　譯 ｜ 費工的塔沒有倒塌的道理，用來比喻盡心盡力去做的事情，結果一定不會徒勞無功的。

相似表現 ｜ 皇天不負苦心人。（中文表現）

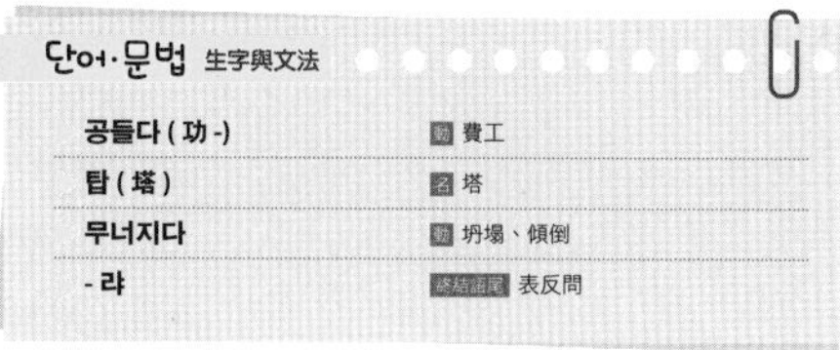
단어・문법 生字與文法

공들다 (功 -)	動 費工
탑 (塔)	名 塔
무너지다	動 坍塌、傾倒
- 랴	終結語尾 表反問

♬ CD-04

활용예문 例句

① A：오랫동안 준비한 발표인데 망칠까 봐 두려워.
這發表準備了好長一段時間，但好害怕會搞砸。

B：걱정 마. 그렇게 정성들여 준비했는데 공든 탑이 무너질 리가 없잖아.
別擔心。你這麼費心準備，皇天沒有辜負你的道理。

② 공든 탑이 무너지지 않도록 끝까지 최선을 다합시다.
為了不讓努力的成果毀於一旦，我們一起打拼到最後吧！

14

生字與文法
從主題俚語・俗諺中選出較為困難的生字與文法，藉由中文的翻譯與解釋，加強對該俚語・俗諺實際含意的掌握。

例句
提供一則對話與一句例句，除可加強對該俚語・俗諺的印象外，還有助於實際應用在日常生活當中。

Step 4

韓國文化背景加深對俚語・俗諺的印象

文化單元

特別介紹與該主題俚語・俗諺相關的文化，不僅可增加記憶，更可結合語言與文化，達到真正理解韓國的最終目標。

Chapter 01 문화 단원 文化單元

多寶塔與釋迦塔的建造

多寶塔與釋迦塔這兩座石塔，是位於慶尚北道慶州市佛國寺內的著名建築物。在韓國極富盛名的佛國寺，早於西元 1995 年就被列為世界文化遺產。不僅如此，佛國寺內許多富具特色的建築物也都被列為了國寶，例如多寶塔與釋迦塔這兩座石塔，就在西元 1962 年分別被列入韓國國寶的第 20 及 21 號。

多寶塔與釋迦塔這兩座韓國的代表性石塔，高度約 10.4 公尺，座落於佛國寺大雄殿與紫霞門之間的中庭，東邊為多寶塔，西邊為釋迦塔。多寶塔的基本結構，是在十字形模樣的基壇上，建造通往四方的階梯，周圍並圍繞著四方柱狀的欄杆，形成八角形的石塔。多寶塔雖是由花崗岩所鋪砌而成，但卻雕琢精緻，因此成為韓國 10 元硬幣上的圖案。至於釋迦塔，則是在兩層的基壇上，鋪砌三層的石塔，這是韓國最典型的石塔外觀，也完整地保存了當時建造的樣態。

呈現 8 世紀統一新羅時期美術精髓的多寶塔與釋迦塔，成功地融合了四角、八角、圓形等形態，完美且精確地建構了整座石塔的外觀。因此，若稱多寶塔與釋迦塔為韓國石塔的代表亦不為過。

消失的釋迦塔蓮池倒影

居住於百濟首都泗沘城的著名石匠阿斯達，他為了建造佛國寺內的三層釋迦塔，將新婚沒多久的妻子獨自留在百濟，而隻身前往新羅去建造石塔。阿斯達一抵達新羅，

15

Step 5

韓國俚語・俗諺記憶卡，隨身帶著背

韓國俚語・俗諺記憶卡

列出近百則的韓國俚語・俗諺，只要剪下記憶卡帶著走，一邊記憶一邊試著應用，說出令韓國人刮目相看的韓語！

附錄：**韓國俚語・俗諺記憶卡**

가는 날이 장날
去的日子是市集日。

가는 말이 고와야 오는 말이 곱다
去的話漂亮，來的話才會漂亮。

개같이 벌어서 정승같이 산다
像狗一般地賺錢，像宰相一般地生活。

개구리 올챙이 적 생각 못한다
青蛙沒能想到自己是蝌蚪的時期。

걱정도 팔자다
擔心也是命。

고래 싸움에 새우 등 터진다
因為鯨魚的打鬥，蝦子的背斷了。

Contents
目錄

Contents
目錄

Chapter 01

공든 탑이 무너지랴

Chapter 01 대화 對話

♬ CD-01

가 : 이번 제안서가 드디어 사장님께 인정을 받았어. 사장님께서 나를 집행장관으로 파견할 뿐만 아니라 월급도 올려 주겠대. 이 반년 동안의 노력이 헛되지 않았어.

나 : 응, 축하해! **공든 탑이 무너지랴**더니 네 장점을 드디어 다른 사람이 알아보게 되었구나.

가 : 고마워! 지금까지 쭉 지지해 줘서. 오늘 뭘 먹고 싶어? 내가 한턱낼게.

나 : 그럼 사양하지 않을게. 저녁에 회사일 끝나면 한잔하러 가자. 이번 대성공을 위하여.

가 : 그래! 취하도록 마시자. 기회가 있으면 꼭 보답할게. 나에게 준 은혜를 절대로 잊지 않을게.

나 : 에, 너무 칭찬해 주는 거 아니야? 이 모든 것이 다 너 스스로 노력한 결과지.

中譯

A：這次的提案終於受到老闆的肯定了。老闆不但指派我為執行長，還說要幫我加薪。這半年多來的努力果然沒有白費。

B：嗯，恭喜你！俗話說（공든 탑이 무너지랴），你的優點總算讓別人知道了。

A：謝謝你一直以來的支持。今天想吃些什麼？我請客。

B：那麼我就不客氣囉！晚上下班後一起去喝一杯吧！慶祝這次的巨大成功。

A：好！不醉不歸。有機會的話，我一定會好好地報答你。我絕對不會忘記你對我的恩情的。

B：嘿！你也稱讚得太過頭了吧？這一切都是你自己努力的結果。

CD-02

단어·문법 生字與文法

드디어	副 終於、總算
집행（執行）	名 執行
파견하다（派遣 -）	動 派遣、支派
헛되다	形 徒然、徒勞
쭉	副 一直
지지하다（支持 -）	動 支持
한턱내다	動 請客
사양하다（辭讓 -）	動 推辭
- 도록	連結語尾 表程度

Chapter 01

속담 俚語・俗諺

♬ CD-03

공(功)든 탑(塔)이 무너지랴

費工的塔會倒塌嗎？

意 譯 | 費工的塔沒有倒塌的道理，用來比喻盡心盡力去做的事情，結果一定不會徒勞無功的。

相似表現 | 皇天不負苦心人。（中文表現）

단어・문법 生字與文法

공들다 (功 -)	動 費工
탑 (塔)	名 塔
무너지다	動 坍塌、傾倒
- 랴	終結語尾 表反問

♬ CD-04

활용예문 例句

1 A : 오랫동안 준비한 발표인데 망칠까 봐 두려워.
這發表準備了好長一段時間，但好害怕會搞砸。

B : 걱정 마. 그렇게 정성들여 준비했는데 공든 탑이 무너질 리가 없잖아.
別擔心。你這麼費心準備，皇天沒有辜負你的道理。

2 공든 탑이 무너지지 않도록 끝까지 최선을 다합시다.
為了不讓努力的成果毀於一旦，我們一起打拼到最後吧！

Chapter 01

문화 단원 文化單元

多寶塔與釋迦塔的建造

多寶塔與釋迦塔這兩座石塔，是位於慶尚北道慶州市佛國寺內的著名建築物。在韓國極富盛名的佛國寺，早於西元 1995 年就被列為世界文化遺產。不僅如此，佛國寺內許多富具特色的建築物也都被列為了國寶，例如多寶塔與釋迦塔這兩座石塔，就在西元 1962 年分別被列入韓國國寶的第 20 及 21 號。

多寶塔與釋迦塔這兩座韓國的代表性石塔，高度約 10.4 公尺，座落於佛國寺大雄殿與紫霞門之間的中庭，東邊為多寶塔，西邊為釋迦塔。多寶塔的基本結構，是在十字形模樣的基壇上，建造通往四方的階梯，周圍並圍繞著四方柱狀的欄杆，形成八角形的石塔。多寶塔雖是由花崗岩所鋪砌而成，但卻雕琢精緻，因此成為韓國 10 元硬幣上的圖案。至於釋迦塔，則是在兩層的基壇上，鋪砌三層的石塔，這是韓國最典型的石塔外觀，也完整地保存了當時建造的樣態。

呈現 8 世紀統一新羅時期美術精髓的多寶塔與釋迦塔，成功地融合了四角、八角、圓形等形態，完美且精確地建構了整座石塔的外觀。因此，若稱多寶塔與釋迦塔為韓國石塔的代表亦不為過。

消失的釋迦塔蓮池倒影

居住於百濟首都泗沘城的著名石匠阿斯達，他為了建造佛國寺內的三層釋迦塔，將新婚沒多久的妻子獨自留在百濟，而隻身前往新羅去建造石塔。阿斯達一抵達新羅，便馬上至佛祖面前祈求建塔的工程能夠一切順利平安，好早日完成歸國。阿斯達雖然很想念妻子，但也只能專注於佛塔的興建。轉眼間，阿斯達已經離開家鄉將近三年的時間，而這時釋迦塔也幾乎接近完工。但是獨自在家鄉的阿斯達妻子已經無法再繼續等待，於是前往新羅去找阿斯達。但是因為佛國寺僧侶說參與建塔的人不可與外人見面，所以阿斯達妻子一直沒能見到阿斯達一面。但阿斯達妻子曾聽阿斯達說過，如果佛塔完工的話，在蓮花池中會出現石塔的倒影，所以她每天都到蓮花池畔等待倒影的出現。

在新羅時期佛國寺的青雲橋下本是一座蓮花池，而青雲橋的一部分曾經被大水所淹沒過。有一天，阿斯達妻子在前往蓮花池的路上，心裡想著佛塔一完成，就馬上要和阿斯達一同回去泗沘城團聚生活，但卻在途中意外聽到了鄰居少女的話，誤解成阿斯達要拋棄自己，而陷入了失意惆悵之中。阿斯達妻子在傷心之餘，悲憤投身蓮池，結束了生命。費盡了千辛萬苦，總算將佛塔建造完成的阿斯達，聽聞了妻子的死訊，於是傷心地天天到蓮池畔哭泣，哭著哭著忽然看見了妻子的幻影，便跟隨著幻影投身於蓮池當中。據說從那天起，釋迦塔就再也不會在蓮花池中產生倒影了。

Chapter 02

까마귀 날자 배 떨어진다

Chapter 02 대화 對話

♬ CD-05

가 : 정말 억울해 죽겠어.

나 : 왜? 무슨 일이 있었어?

가 : 어제 내가 당번이어서 교실에서 청소하고 있었는데 갑자기 바람이 불더니 교탁에 있는 화분이 깨진 거야. 분명 내가 그런 게 아닌데 때마침 민우가 들어와서 이 광경을 보고 내가 깨뜨렸다고 소문냈어.

나 : 정말 **까마귀 날자 배 떨어진** 격이네. 하필 혼자 있을 때 바람이 불어서 깨질 게 뭐람. 정말 억울하겠다.

中譯

A：真是冤枉得要死。

B：怎麼了？有什麼事嗎？

A：昨天我是值日生，所以在教室打掃，可是突然吹起了一陣風，把講桌上的花盆打破了。明明不是我做的，但是剛好閔友進來看到了這個景象，就到處說是我打破的。

B：真的是（까마귀 날자 배 떨어진다）！怎麼會就那麼剛好你一個人在的時候，吹起了風把花盆打破了呢？你真是冤枉啊！

CD-06

단어·문법 生字與文法

억울하다 (抑鬱 -)	形	冤枉、委屈
당번 (當番)	名	值班、值勤、值日生
교탁 (教卓)	名	講桌
분명 (分明)	副	分明、明確
광경 (光景)	名	情景、景象
소문내다 (所聞 -)	動	張揚、嚷嚷
하필 (何必)	副	何必、偏偏、怎麼搞的

속담 俚語・俗諺

CD-07

까마귀 날자 배 떨어진다

烏鴉一飛，梨子就掉了下來。

意 譯 | 用來比喻毫無相干的事情碰巧一起發生，而被懷疑相互有關連性。

相似表現 | 瓜田李下之嫌。（中文表現）

단어·문법 生字與文法

까마귀	名 烏鴉
- 자	連結語尾 表前文動作一結束，後文動作就立即發生。

CD-08

활용예문 例句

1. A : 하필 내가 방안으로 들어가자마자 방안의 전화벨이 울려서 아기가 깼어. 그걸 본 아내가 나에게 화를 냈어.
   怎麼偏偏在我一進到房裡，房裡的電話鈴就響了起來，小孩也因此醒了。看到這景象的老婆，就對我發脾氣。

   B : 까마귀 날자 배 떨어진다고 괜한 오해를 받았군.
   有句話說：「瓜田李下」，你真是平白無故地受到了誤會。

2. 까마귀 날자 배 떨어진다고 내가 커피를 가지고 자리에 앉았는데 바닥에 누가 커피를 엎지르고 그냥 가 버려서 나만 오해를 받았어.
   有句話說：「瓜田李下」，我拿著咖啡坐在位子上，有人卻將咖啡灑在地板上就那樣走了，害我被人誤會。

Chapter 02

문화 단원 文化單元

高句麗的開國圖騰——烏鴉

三國時代的高句麗是一個崇拜烏鴉的國家，他們將一種擁有三隻腳的烏鴉稱作三足烏，並且認為是太陽的象徵，進而成為一種崇拜的對象。在新羅也有烏鴉因事先告訴國王可能被暗殺的消息，而每年以五穀製作烏鴉飯作為報答的傳說。由新羅時代固定於端午節時祭祀烏鴉的這一種風俗看來，烏鴉在三國時代時應是相當受到重視與禮遇。但是在現代的韓國，卻視烏鴉為不吉利的象徵，因為在濟州島有著如下的一個傳說：

有一天，閻羅王將生死簿交給烏鴉，要牠將氣數已盡的人帶到陰曹地府，但是烏鴉卻在途中，因為忙著吃路上死掉的馬肉，而搞丟了生死簿。烏鴉因為必須在時間內完成閻羅王的指示，所以就隨意依照自己的意思，胡亂地寫上了名字，讓該死的人沒有死，不該死的人卻枉死，造成了人世間的大亂。從此之後，人們就將烏鴉視為象徵死亡的凶鳥，也因此有了「까마귀가 고기를 먹었나？（烏鴉吃了肉了嗎？）」這樣的慣用表現，來形容老是忘東忘西的人。

烏鴉、喜鵲都是韓國常見的鳥類，雖與台灣的藍鵲不同種，但是同屬鴉科。其中的喜鵲為韓國的國鳥，而台灣藍鵲則為台灣的國鳥。在台灣人的印象當中，烏鴉是不祥之兆，而喜鵲則代表好兆頭。但是實際上每個國家對於鳥類的看法與印象都不盡相同，例如在日本，傳說烏鴉是專門為神傳話的鳥類，每當其出現，往往都會帶著神的旨意，所以在日本卻被視為一種神鳥，與台灣、韓國不同，具有神聖的地位。

以下另外介紹兩則與烏鴉及喜鵲有關的韓國諺語：

아침에 까치가 울면 좋은 일이 있고 밤에 까마귀가 울면 대변이 있다

早上如果喜鵲鳴叫的話，就會有好事發生。但晚上如果烏鴉鳴叫的話，則會有巨變發生。

까마귀가 까치 집을 뺏는다

烏鴉奪走喜鵲的窩。用來形容憑藉著相似的特質而奪走別人的東西。

Chapter 03

더도 말고 덜도 말고 늘 가윗날만 같아라

Chapter 03

대화 對話

♫ CD-09

가 : 추석 잘 보냈어?

나 : 응. 일가친척들도 찾아뵙고 맛있는 것도 많이 먹었지. 너는?

가 : 나는 이번 기회에 집안 어른들께 결혼할 사람을 소개드렸어. 그래서 결혼 날짜도 잡았어.

나 : 정말 잘됐다. 축하해.

가 : 고마워. 정말 항상 **더도 말고 덜도 말고 늘 가윗날만 같**으면 좋겠다.

中譯

A：中秋節過得好嗎？

B：嗯，拜訪了親戚，也吃了很多好吃的。你呢？

A：我利用這個機會將要結婚的對象介紹給家裡的長輩，所以結婚的日子也定好了。

B：真是太好了！恭喜！

A：謝謝！如果總是（더도 말고 덜도 말고 늘 가윗날만 같아라）的話，就真的太好了。

CD-10

단어·문법 生字與文法

추석（秋夕）	名 中秋節
보내다	動 度過
일가친척（一家親戚）	名 親戚
잡다	動 選定、確定
축하하다（祝賀 -）	動 祝賀

Chapter 03

속담 俚語・俗諺

♫ CD-11

더도 말고 덜도 말고 늘 가윗날만 같아라

不要多，也不要少，只要都像中秋節一樣。

意　譯｜中秋是農作豐收的季節，物資充足且有許多有趣的民俗遊戲。這句諺語的意思為希望能吃得好、穿得好、過著舒服的日子。

단어·문법 生字與文法

덜	副 少、不夠
가윗날	名 中秋節

♫ CD-12

활용예문 例句

1 A : 와! 역시 추석이라 먹거리가 풍부하구나.

哇！果然是中秋節，吃的東西真豐富啊！

B : 그래서 "더도 말고 덜도 말고 늘 가윗날만 같아라"하고 하잖아. 매일 매일 이렇게 풍족하게 살았으면 좋겠다.

所以有句俗話說：「不要多，也不要少，只要都像中秋節一樣。」不是嗎？如果每天都這麼生活優渥的話就好了。

2 더도 말고 덜도 말고 늘 가윗날만 같아라는 말처럼 항상 가족이 모여 좋은 음식 먹으면서 지냈으면 좋겠어요.

就像「不要多，也不要少，只要都像中秋節一樣。」這句話一樣，如果家人能經常聚在一起，吃著美食過活的話就太好了。

Chapter 03 문화 단원 文化單元

韓國的三大節日之一 ── 中秋節

中秋節與農曆春節、端午節共同被列為韓國的三個重要節日，而中秋節在韓國也被稱做「秋夕」、「仲秋節」或純韓語的「한가위」等名稱。對於韓國人來說，中秋節的重要程度甚至更甚於春節，因此每到中秋假期，就一定會出現返鄉的車潮。所有的韓國人都想在當天回鄉與家人團聚，就如同台灣的俗話：月圓人團圓。

在韓國的古代農耕社會中，中秋節這個節日具有感謝祖先們庇佑今年豐收，並與周遭鄰居朋友一同分享豐饒收穫的涵義。中秋節因具有秋收的意義，且此時是不熱不冷的宜人氣候，再加上可與家人團聚，並一起參與民俗遊戲同樂，因此才有了「더도 말고 덜도 말고 늘 가윗날만 같아라」這樣諺語的產生。

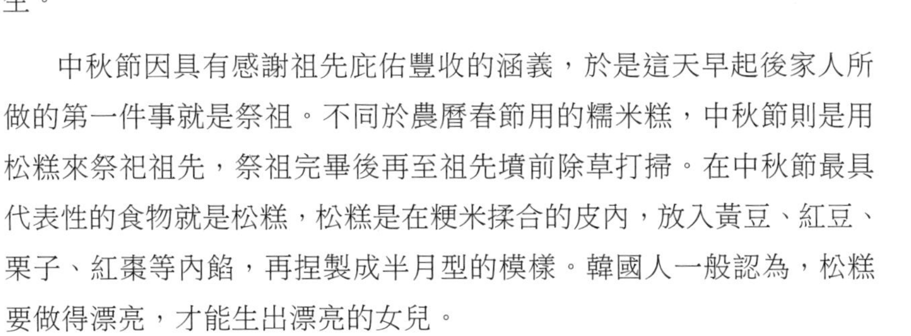

中秋節因具有感謝祖先庇佑豐收的涵義，於是這天早起後家人所做的第一件事就是祭祖。不同於農曆春節用的糯米糕，中秋節則是用松糕來祭祀祖先，祭祖完畢後再至祖先墳前除草打掃。在中秋節最具代表性的食物就是松糕，松糕是在粳米揉合的皮內，放入黃豆、紅豆、栗子、紅棗等內餡，再捏製成半月型的模樣。韓國人一般認為，松糕要做得漂亮，才能生出漂亮的女兒。

過去的傳統習俗中，中秋節當天晚上會與家人一邊賞月，一邊跳著「강강술래」的民俗舞蹈。這種舞蹈指的是由一群婦女手拉著手，圍成大圈旋轉並高歌的舞蹈形態。相傳古代時這舞蹈是一種用來蒙騙敵軍的戰略，婦女會穿上軍服圍繞著山峰，讓敵軍從遠處觀看時，形成有千軍萬馬備戰的假象。除此之外，中秋節也會玩鬥牛、鬥雞、戲烏龜等民俗遊戲來慶賀中秋。

Chapter 04

떡 줄 사람은 꿈도 안 꾸는데 김칫국부터 마신다

Chapter 04

대화 對話

♬ CD-13

가 : 엄마! 애기 용품을 왜 이렇게 많이 샀어?

나 : 에이, 이런 것은 먼저 사 둬야 된다고. 애기 낳고 나서 준비하면 너무 늦잖니?

가 : 정말 **떡 줄 사람은 꿈도 안 꾸는데 김칫국부터 마신다**고 나 아직 애기 가질 생각 없어.

나 : 어휴, 나야 빨리 손자를 보고 싶어서 그렇지. 알았어. 니가 알아서 해.

中譯

A：媽！妳為什麼買了這麼多嬰兒用品啊？

B：唉呀！人家説這些東西要先買起來啊！小孩出生後才準備的話不是太遲了嗎？

A：真的是（떡 줄 사람은 꿈도 안 꾸는데 김칫국부터 마신다），我都還沒有生小孩的打算。

B：哎唷！我是想早點抱孫子才那樣的。知道了！妳高興怎麼做就怎麼做吧！

CD-14

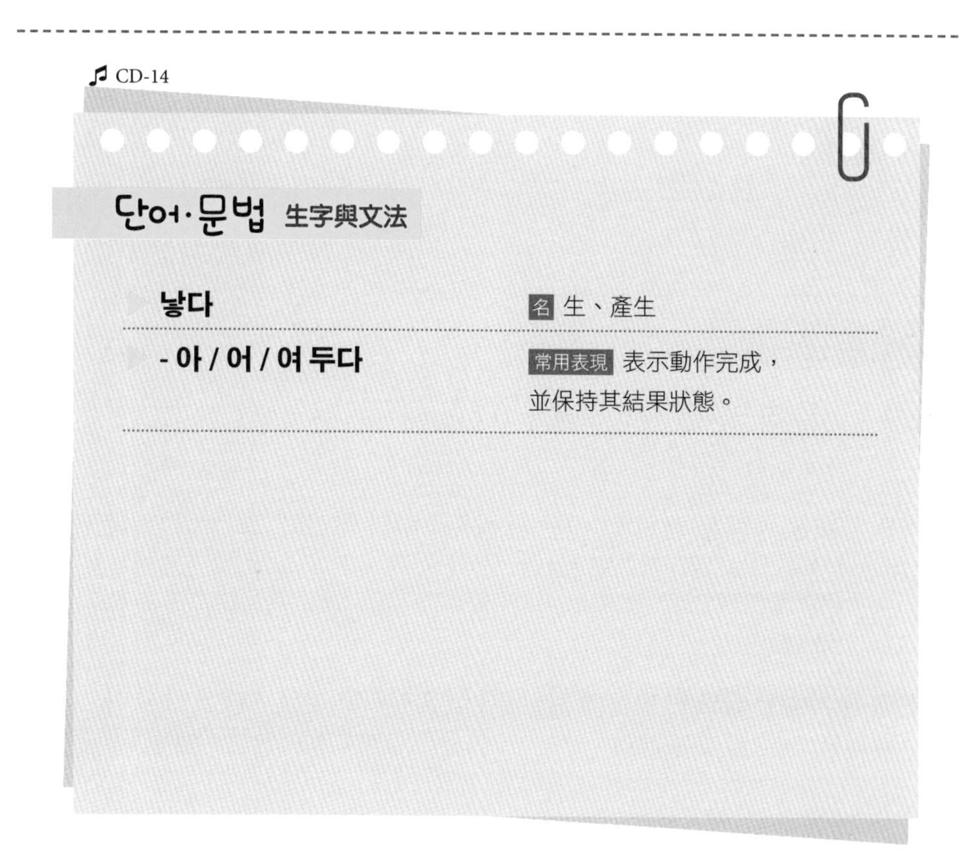

단어·문법 生字與文法

낳다	名 生、產生
-아 / 어 / 여 두다	常用表現 表示動作完成，並保持其結果狀態。

속담 俚語・俗諺

♫ CD-15

떡 줄 사람은 꿈도 안 꾸는데 김칫국부터 마신다

要給年糕的人連夢都還沒做，就開始喝起泡菜湯。

意　譯｜要做的人都還沒想到，就自以為是地開始行動。

相似表現｜魚未捉到，忙著煎魚。（中文表現）
떡방아 소리 듣고 김칫국 찾는다（韓文表現）

단어·문법 生字與文法

김칫국	名 泡菜湯

♫ CD-16

활용예문 例句

① A：식탁 위에 선물이 있던데 혹시 나한테 주는 건가?
飯桌上有一個禮物，難不成是要給我的？

B：떡 줄 사람은 꿈도 안 꾸는데 김칫국부터 마신다. 그건 니 거 아니야. 오늘 엄마 생일이잖아. 엄마 거야.
別魚未捉到，就忙著煎魚。那不是你的。今天是媽媽的生日不是嗎？那是媽媽的。

② 떡 줄 사람은 꿈도 안 꾸는데 김칫국부터 마신다고 헛된 기대를 하지 마.
有句俗話說：「魚未捉到，忙著煎魚」，別做那些徒勞無功的期待。

泡菜

泡菜是韓國人飯桌上少不了的一道佐菜，也可以說是韓國飲食文化的代表。根據《三國史記》的記載，新羅神文王結婚時的聘禮當中，就有一種用鹽醃製發酵製成的蔬菜稱為「醯」，這種食物可以說是泡菜形成前的雛形。到了高麗時期，對於這種醃製發酵而成的蔬菜有相當多的紀錄，並稱之為「菹」或「漬」。至於現在泡菜的韓國名稱「김치」，據說是從朝鮮時期的漢字名稱「沈菜」音變而來的。

將蔬菜用鹽醃製發酵的製作方法，與韓國的氣候有極大的關係。韓國冬季嚴寒，蔬菜栽種不易，只好將蔬菜醃製保存起來，冬季期間便不愁無蔬菜可吃。而且比起單純曬乾處理方式，醃製發酵更能保存蔬菜中含有的纖維素與維他命。

根據《增補山林經濟》的記載，辣椒大約是在朝鮮後期約西元1590年前後才傳入韓國，也就是口味辛辣、顏色鮮紅的韓國泡菜，是從那時候才開始慢慢形成。至於泡菜的主要材料白菜，也並非是韓國原生，而是從中國傳入，再經過改良育種後廣泛使用於泡菜的製作上。

在韓國的市面上隨處都能買到各式各樣的泡菜，但是在冬季來臨之前，還是可以發現家家戶戶依循傳統地製作泡菜，韓語稱之為「김장」，含有大量製作泡菜保存的意思。有些人也會將精心製作好的泡菜分送給親戚好友，以表示心意。泡菜對韓國人來說不僅是飲食中的重要元素，儼然也已成為韓國人生活中不可或缺的一環。

韓國的年糕，最早的起源是源自於祭祀。在生活困苦的年代，年糕並不是平常就能吃到的食物，而是在特別的時候，像是宴會或祭祀時才能夠吃得到。因此對韓國人來說，年糕是一種珍貴，且別具風味的食物。由於年糕具黏性且難以消化，所以韓國人習慣在吃年糕之後，會配著家中常有的泡菜湯，來防止噎到，並且幫助消化。

Chapter 05

똥 묻은 개가 겨 묻은 개 나무란다

Chapter 05 대화 對話

♫ CD-17

가 : 너 오늘 지각해서 선생님께 혼났다면서? 그러게 좀 일찍 다니지 그랬어. 맨날 지각이나 하면 되겠니?

나 : 뭐? 넌 오늘 숙제 안 해 가서 벌까지 받고 숙제도 더 많이 내 줬다면서.

가 : 어, 그게…

나 : **똥 묻은 개가 겨 묻은 개 나무란다**고 네가 날 나무랄 처지가 아닌 것 같은데.

中譯

A：聽說你今天因為遲到被老師罵了？所以就叫你早一點去學校。每天都遲到行嗎？

B：什麼？聽說你今天作業沒交被罰了，作業還出得更多了不是嗎？

A：嗯……這……

B：俗話說（똥 묻은 개가 겨 묻은 개 나무란다），你好像也沒指責我的立場。

CD-18

단어·문법 生字與文法

- 혼나다 (魂 -) 動 挨罵
- - 다면서 終結語尾 確認聽到的事實，不是說～。
- 벌 (罰) 名 懲罰
- 처지 (處地) 名 處境
- - 구나 終結語尾 表感嘆，哇、啊。

♫ CD-19

똥 묻은 개가 겨 묻은 개 나무란다

沾到大便的狗責怪沾到米糠的狗。

意　譯 | 自己的缺點更大，反而取笑別人小的缺點。

相似表現 | 五十步笑百步。（中文表現）
뒷간 기둥이 물방앗간 기둥을 더럽다 한다（韓文表現）

단어·문법 生字與文法

묻다	動 沾、沾染
겨	名 米糠
나무라다	動 責備、責怪、數落

♫ CD-20

활용예문 例句

① A：너는 왜 이렇게 못 생겼니?
你為什麼長得這麼醜啊？

B：너는 거울 안 보니? 네가 더 못생겼거든. 똥 묻은 개가 겨 묻은 개 나무란다더니 그 꼴이구나.
你不照鏡子嗎？你長得更醜。俗話說：「五十步笑百步」，就是在說你啊！

② 똥 묻은 개가 겨 묻은 개 나무란다더니 똑같이 잘못한 아이들이 서로 더 잘못했다고 나무라고 있다.
俗話說：「五十步笑百步」，犯同樣過錯的小孩子正互相責怪對方犯了更大的錯誤。

Chapter 05

문화 단원 文化單元

也使用十二生肖的韓國

韓國也使用十二生肖，與台灣一樣順序都是鼠、牛、虎、兔、龍、蛇、馬、羊、猴、雞、狗、豬。但象徵的意義則有些許的不同。例如：在韓國的民間，老鼠有象徵豐收之意，且由於老鼠速度非常敏捷，自然地令韓國人聯想到勤勉的個性。牛則是象徵純樸、勤勉以及憨直。韓國人常用像牛一樣地工作、像牛一般地賺錢，來表示一個人的勤勞或誠實。而羊象徵正直與正義，有些韓國人認為屬羊的人無法賺大錢，就是因為他們太過於正直。而說到雞的話，在韓國有句俗諺：「암탉이 울어서 날샌 일 없고, 장닭이 울어서 날 안 새는 일 없다.（母雞啼，天不亮。公雞啼，天無不亮。）」句中顯現過去韓國社會中男尊女卑的觀念。而狗從古代就常伴隨在人類的周遭，在韓國許多民間口耳相傳的故事中，狗就常常出現。雖然狗很忠誠，但牠們也常遭到蔑視。在韓語中，單字前面若加上「狗」字，則有貶低之意味。在十二生肖中排名最後的豬，在韓語中常被用來比喻貪心鬼、懶惰鬼，但也有用豬夢、豬畫等來象徵財神或福氣，所以豬可以說是同時具備吉祥與貪心兩極端意義的生肖。

韓國獨特的犬種 —— 珍島犬

珍島犬確切的由來仍無法得知，但一般被認為是石器時代人們所飼養的犬種後代，屬於犬類中東南亞系的中型犬品種。關於珍島犬的起源，有一說為中國南宋時期由中國的貿易船所引進，但另一較為有力的說法為 1270 年三別抄抗爭時，為了馴養濟州島牧場的軍用馬而從蒙古所引進的。因為和大陸隔離，相較之下能將較原始的樣貌和特徵保留至今，成為今日所熟知的珍島犬。珍島犬公犬的身長為 48 ～ 53 公分，母犬為 45 ～ 50 公分，毛色依據紋路的不同可分成黃狗、白狗、眼上白毛等種類，然而突變的犬隻也有可能成為紅色、黑白等顏色。

從臉部的正面看來，幾乎呈現八角形。一年約可生產兩次，懷孕期間只需 58 至 63 日，一胎大約可生產三至八隻。珍島犬的感官非常靈敏且很勇猛，擅於看家與打獵。牠們擅長捕捉老鼠，且會攻擊貓隻。1938 年日本人森為三根據體型、體毛做觀察，將珍島犬視為韓國特有的飼育動物。1995 年，珍島犬被認定為國際保育類動物。2006 年 6 月 12 日前韓國總統金大中訪問北韓時，就曾將珍貴的珍島犬贈送給北韓，象徵南北韓的和平統一。

Chapter 06

뚝배기보다 장맛이다

Chapter 06 대화 對話

♬ CD-21

가 : 민호 씨 정말 괜찮은 사람 같아. 한번 진지하게 만나 봐.

나 : 사람은 괜찮은 거 같은데 내가 좋아하는 외모가 아니야.

가 : **뚝배기보다 장맛**이라는 말 몰라? 잘 생긴 외모보다 성격이 더 중요하지. 그리고 널 참 많이 아껴 줄 것 같더라.

나 : 그래? 한번 생각해 볼게.

中譯

A：敏浩好像真的不錯，試著認真地交往看看吧！

B：人好像不錯，但不是我喜歡的長相。

A：妳不知道（뚝배기보다 장맛이다）這句話嗎？比起好看的長相，個性更加重要。還有他應該會很疼愛妳的。

B：那樣嗎？我會想想看。

♬ CD-22

단어・문법 生字與文法

진지하게（真摯 -）	副 真摯地、懇切地
외모（外貌）	名 外貌、長相
아끼다	動 愛惜、疼愛
- 더라	語尾 表回想經歷過的事
-（으）ㄹ게	語尾 表約定，會～。

속담 俚語・俗諺

♬ CD-23

뚝배기보다 장맛 (醬-) 이다

比起砂鍋，醬油（大醬）的味道更好。

意　譯 | 指外表雖然微不足道，但內容卻非常了不起。

相似表現 | 꾸러미에 단 장 들었다（韓文表現）
장독보다 장맛이 좋다（韓文表現）

단어·문법 生字與文法

뚝배기	名 砂鍋
장맛	名 醬味

♬ CD-24

활용예문 例句

1 A：이 식당 너무 좁고 낡은 것 같아. 이래서 손님이 있겠어?
這家餐廳似乎太窄，也太老舊了。這樣會有客人嗎？

B：무슨 소리야. 뚝배기보다 장맛이라고 겉모습은 이래도 음식은 참 맛있어. 나는 10년째 단골이야.
你說這什麼話啊！俗話說：「比起砂鍋，醬油的味道更好」，即使外觀這樣，菜還是非常好吃。我已經是十年的常客了。

2 뚝배기보다 장맛이라고 외모에 신경 쓰기보다는 능력을 키우기 위해 노력해야 합니다.
俗話說：「比起砂鍋，醬油的味道更好」，比起花心思在外貌上，更應該為了培養能力而努力。

Chapter 06

문화 단원 文化單元

從砂鍋與鍋子之別看韓國人與洋人的差異

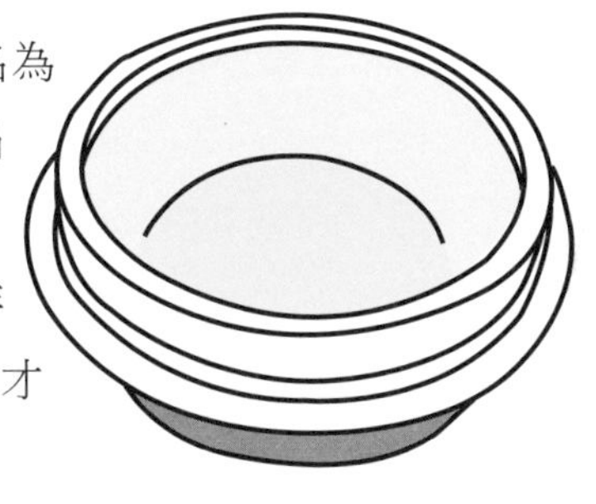

在韓國的創作童話故事書中，有一本名為《뚝배기에 된장찌개를 끓였어요.（在砂鍋裡煮了大醬湯。）》的童話書，這標題意思是說韓國的這道傳統料理——大醬湯，非得要用韓國傳統的鍋子——砂鍋來烹煮，才能熬煮出最道地的味道。

一般來說，可將韓國料理烹調用的鍋子，分為「냄비」及「뚝배기」兩種。前者一般統稱鍋子（從美國傳來），烹調時有快速將水滾開、快速將食物煮熟的優點。而後者則稱為砂鍋，有著慢熱慢熟的特點。有些人說煮拉麵適合用鍋子煮才夠味，而煮大醬湯則要用砂鍋才能烹煮出真正的原味。

在韓國的教會中也有一則和鍋子及砂鍋有關的故事。大意是說，鍋子由於常被主人使用，因而漸漸驕傲自滿，當主人不小心燒焦食物而傷其外表時，便開始埋怨起主人，最終導致被丟棄至垃圾桶的命運。而砂鍋雖然很少被拿出來使用，但每當被使用時，總是一心一意地想著要為主人煮出美味的食物，在主人不小心燒焦食物導致其外表受傷時，不但沒有埋怨主人，反而對主人感到抱歉，為自己不能煮出美味的食物而難過，之後更是不斷地想著如何為主人烹煮出更美味的食物。由此可以看出，不因受歡迎而驕傲自滿，不因受忽視而剛愎自用的人，才會是最後的勝者。另外，由於鍋子是從美國傳入韓國，因此也有人用砂鍋來形容韓國人，表現韓國人的民族性就像是砂鍋一般，雖然不能速成，但卻有著堅忍不拔的毅力朝著目標不斷邁進。

韓國的傳統調味料──醬

在眾多的農業國家之中，韓國在以穀物製作調味料上，是一個技術十分發達的國家。而這種以穀物做成的調味料，即為「醬」。韓國醬的種類主要有醬油、豆醬、辣椒醬等，而製作醬的主材料為黃豆，除此之外大麥、小麥、麵粉、粳米、糯米等也常被搭配使用，至於產生鹹味的調味料為鹽巴，而良好的水質也是必需的。韓國的料理是靠著鹽、醬油、豆醬、辣椒醬等調味料來調味的，但現在的家庭因為住宅西化後，自己釀造醬料變得越來越困難，大多是購買食品業者於工廠所製造販賣的各種醬料。除了以豆類製作的醬以外，島嶼地區、海岸地帶製作食用的則多為鯷魚醬。和植物性醬料相比，有些人認為動物性醬料的味道更香更好。

Chapter 07 말 한마디에 천 냥 빚도 갚는다

Chapter 07

대화 對話

♬ CD-25

가 : 너희 둘은 진짜 간도 크다! 기말고사 중에 컨닝을 하다니! 부정행위가 시험을 못 보는 것보다 더 나쁘다는 거 알지?

나 : 선생님! 다시 안 그러면 되잖아요! 그게 그렇게 심각한 일은 아니잖아요?

가 : 심각하지 않다니? 사람의 됨됨이 중 가장 중요한 것이 성실이지! 이런 기본적인 도리도 모르는데 시험을 잘 본들 무슨 소용이 있겠어.

다 : 죄송합니다. 선생님! 제가 열심히 공부했지만 시험 범위를 착각해 마음이 급한 나머지 이런 실수를 했습니다. 선생님 부디 한번만 더 기회를 주세요.

가 : 그래. 방과 후 너는 교무실로 와서 재시험을 보도록 해! 시험 잘 보면 컨닝 건은 덮어두도록 하지.

나 : 어떻게 이럴 수가 있어? 이건 너무 불공평해!

다 : **말 한마디에 천 냥 빚도 갚**을 수 있다고 하더니, 똑같은 잘못을 했지만 말 한마디에 정말 다른 결과가 돌아오는구나.

中譯

A：你們兩個膽子還真大！居然敢在期末考的時候作弊！你們知道舞弊的行為比考不好還要糟糕嗎？

B：老師！不再犯不就好了嘛！事情沒有那麼嚴重吧？

A：怎麼會不嚴重？做人最重要的就是誠實，連這種基本的道理都不懂，考試考得再好又有什麼用？

C：對不起，老師！我雖然很認真地念書，可是讀錯了考試的範圍，在情急之下才會犯下了這樣的錯誤。拜託老師再給我一次機會！

A：好吧！你放學後來我辦公室補考！考得好的話，作弊這事就這樣算了！

B：怎麼可以這樣？這太不公平了！

C：俗話說（말 한마디에 천 냥 빚도 갚는다），雖然犯了相同的錯誤，但是因為一句話真的有了不同的結果耶！

CD-26

단어·문법 生字與文法

간이 크다	慣用語 大膽
컨닝하다	動 作弊
부정행위 (不正行為)	名 舞弊行為
됨됨이	名 為人
-(으) ㄴ들	連結語尾 即使……又如何
착각하다 (錯覺 -)	動 錯認、誤以為
부디	副 一定、千萬、務必
덮어두다	動 掩蓋、掩護

Chapter 07 속담 俚語・俗諺

♫ CD-27

말 한마디에 천 (千) 냥 (兩) 빚도 갚는다

因一句話，連千兩的債務都能還清。

意　譯 | 話說得好的話，困難的事或是看起來不可能的事也都能夠解決。

相似表現 | 會說話當銀子錢使喚。（中文表現）

천 냥 빚도 말로 갚는다（韓文表現）

단어・문법 生字與文法

마디 名 句

빚 名 債

갚다 動 償還

♫ CD-28

활용예문 例句

1 A：어제 비리 정치인 기자회견 봤어요?

看了昨天涉嫌不法的政治人物開的記者會了嗎？

B：말 한마디에 천 냥 빚도 갚는다는데 너무 무례하고 성의 없는 인터뷰를 보니 더 화가 나네요.

雖然有句俗話說：「因一句話，連千兩的債務都能還清」，但看到他那麼無理又無誠意的訪談，讓我更加生氣。

2 말 한마디에 천 냥 빚도 갚는다고 했으니 항상 언행에 신경 쓰도록 합시다.

因為有句俗話說：「因一句話，連千兩的債務都能還清」，所以我們要時常注意一下言行。

Chapter 07 문화 단원 文化單元

韓國的錢幣

韓國的紙幣有一千、五千、一萬及五萬等四種。一千元紙鈔的正面為退溪李滉（1501～1570）的肖像，他是學者，同時也是朝鮮中期的重要文臣。一旁另繪有明倫堂，為韓國國寶第141號，這是為了教育通過進士考試的儒生而講述倫理的地方。背面的溪上靜居圖，是朝鮮後期的畫家鄭歚，以李滉在世時的故居為背景，所描繪出的當時朝鮮時期風景畫，為國寶第565號。

五千元紙鈔的正面為學者兼政治家身分的栗谷李珥（1536～1584），以及烏竹軒（右側的夢龍室為李珥的出生處）。背面則為其母親申師任堂所繪草蟲圖中的其中兩幅（西瓜與雞冠花）。一萬元紙鈔的正面為世宗大王（1397～1450）、日月五峰圖、龍飛御天歌，背面則是渾天儀。日月五峰圖又稱日月圖、崑崙圖。不只象徵王權，也有期望百姓安樂、天下太平之意。世宗大王在位時期不僅創制了韓國文字，也有科學家蔣英實發明了日晷、測雨器及渾天儀等，使人民的生活更加便利。而龍飛御天歌，則是世宗大王以訓民正音為基礎而做出的歌曲，內容是在歌詠朝鮮建國的功德。

五萬元紙鈔正面為申師任堂（1504 ～ 1551）及其墨葡萄圖、草蟲圖繡屏中的樹枝。寫詩、作畫一流的朝鮮女性藝術家代表——申師任堂，以畫草蟲圖著名。其畫風有著始終如一的單純主題、簡潔的構圖以及纖細的女性化表現，畫風清新且帶有強烈的韓國色彩，因此申師任堂可以說是朝鮮時代草蟲圖畫家中的翹楚。背面為 16 世紀與申師任堂齊名的畫家——李霆的風竹圖及魚夢龍的月梅圖。

Chapter 08

백번 듣는 것이 한번 보는 것만 못하다

Chapter 08 대화 對話

♬ CD-29

가 : 이번 중국 여행 어땠어?

나 : 아주 재미있게 놀았어. 이번 여행을 통해서 중국의 풍속 문화에 대해 더 깊이 이해했어. 옛날에 선생님께 혹은 텔레비전, 서적 등을 통해서 중국과 관련된 지식을 얻었는데 이번에 드디어 내 눈으로 직접 봤어.

가 : 어디 추천할 만한 데가 있어?

나 : 마지막 코스로 만리장성에 갔는데 그곳이야말로 나로 하여금 감탄을 금치 못하게 했어. **백번 듣는 것이 한번 보는 것만 못하다**고 하더니 만리장성의 웅장함과 아름다움은 화면과 비할 바가 아니야. 그 수려한 경치가 아직도 내 머리 속에 남아 있는 것 같아.

가 : 그 말을 들으니 나도 빨리 중국으로 여행을 떠나고 싶네. 네가 침이 마르도록 칭찬하는 만리장성도 좀 구경하고.

中譯

A：這次的中國旅行如何呢？

B：玩得非常開心。藉由這次的旅行，讓我更了解中國的風俗文化。以前都是從老師、電視或是書籍中得到與中國相關的知識，但這次總算親眼看到了。

A：有什麼值得推薦的地方嗎？

中譯

B：最後一天的行程去了萬里長城，那地方真是讓我讚嘆不已。俗話說（백번 듣는 것이 한번 보는 것만 못한다），萬里長城的壯麗景象真是畫面所無法比擬的。那秀麗的景致好像還停留在我的腦海裡。

A：聽你這麼一說，我也想快點到中國去旅行，去看看你讚不絕口的萬里長城。

CD-30

단어·문법 生字與文法

- **-을/를 통하다(通-)** 常用表現 透過、通過
- **풍속문화(風俗文化)** 名 風俗文化
- **서적(書籍)** 名 書本、書籍
- **-(으)ㄹ 만하다** 常用表現 值得
- **코스(course)** 名 行程
- **만리장성(萬里長城)** 名 萬里長城
- **-(이)야말로** 助 用於強調，表示「～才是」。
- **하여금** 副 讓、使、叫
- **금하다(禁-)** 動 禁、忍住
- **웅장하다(雄壯-)** 形 雄壯、宏偉
- **바** 依存名詞 方法、事情
- **수려하다(秀麗-)** 形 秀麗
- **침이 마르다** 慣用語 ～不絕口

속담 俚語・俗諺

CD-31

백번(百番) 듣는 것이 한번(-番) 보는 것만 못하다 聽百遍比不上看一次。

意　譯 ｜ 比起光靠聽説，親眼看到的東西更加實在。

相似表現｜ 百聞不如一見。（中文表現）
듣는 것이 보는 것만 못하다（韓文表現）

단어·문법 生字與文法

번(番)　名 次、號

CD-32

활용예문 例句

1 A：요즘 벚꽃이 예쁘다고 다들 난리인데 우리도 벚꽃 놀이 가자.
最近大家都説櫻花非常漂亮，我們也去賞櫻吧！

B：눈처럼 꽃잎이 날린다는데 안 봐도 알 것 같아.
説是花瓣像雪花般飛揚，即使沒去看，也大概可以知道。

A：백번 듣는 것이 한번 보는 것만 못하다고 직접 가서 봐야 진가를 알 수 있지.
俗話説：「百聞不如一見」，直接去看才能知道它的真正價值啊！

2 백번 듣는 것이 한번 보는 것만 못하다고 책을 열심히 보는 것보다 직접 문화유산을 보고 체험하는 것이 더 머릿속에 남는다.
俗話説：「百聞不如一見」，比起用功地看書，還不如直接觀賞與體驗文化遺產，更能保留在腦海當中。

Chapter 08

문화 단원 文化單元

百聞不如一見

這個韓國諺語源自於中國的《漢書 · 趙充國傳》，意思是聽一百次不如親眼見一次。西漢宣帝時期，羌人侵擾漢朝邊界，攻城掠地，燒殺擄掠。宣帝因此召集群臣商議，最後決定派人領兵前去平息戰亂。曾在邊界和羌人打過幾十年交道的七十六歲老將趙充國自告奮勇，願親自率兵平亂。當宣帝問他需要多少兵馬時，他回話說：「百聞不如一見。對方的軍事情況，很難在遠處瞭解。我想到邊境一探，畫出當地的地形圖，並且制定出進攻的方略後，再一併上奏陛下。」宣帝在聽完這一番話後，就欣然同意了。

趙充國到了邊境，瞭解了實際的狀況後，馬上就制定出屯兵把守、整治邊境，以及分化瓦解羌人的策略，並且上奏給了宣帝。就因趙充國制定的策略，朝廷很快就平定了羌人的侵擾，安定了西北的疆域。「百聞不如一見」的諺語由此產生。後人用此諺語表現耳朵所聽到的不及眼睛所看到的來得真實，強調親眼所見的重要性。

결혼을 축하합니다

數字

各國對於數字都各有好惡，例如日本人不喜歡數字 4 跟 9，因為 4 跟「死」的發音相似，另外 9 則是因為發音與「苦」相近，所以不被日本人所喜歡。而台灣人則喜歡數字 8，因為發音與「發」類似，有事業發達、萬事如意之感。

西方多數國家忌諱數字 13，視 13 號星期五為不祥之日，如德、法、美、加等國。起源來自於聖經，由於出賣耶穌的是其第十三個弟子——猶太，因此有些西方人們對數字 13 心生厭惡，不管是送花、門牌號碼、樓層，甚至於旅館房號，都會刻意避開 13，但並非所有西方人都排斥數字 13。

至於韓國人，他們最喜歡的數字是 3，像是他們的國旗太極旗，就有紅、黃、藍 3 色。另外，雖然他們跟台灣一樣也忌諱 4，理由不外乎是與「死」字諧音類似，但他們覺得單數比較吉利，所以祝賀時都是以單數為主，例如過年或結婚時送的禮金多為單數，這點與台灣「好事成雙，禍要單行」的禮金哲學全然不同。至於為何喜歡單數 3，推測應與東洋五行思想中，崇尚 3、6、9 的陽數有關。

Chapter 09

산 넘어 산[이다]

Chapter 09

대화 對話

♬ CD-33

가 : 아버님이 교통사고 당하셨다며? 이제 좀 괜찮으시니?

나 : 아직 의식불명이신데 더 큰일이 벌어졌어.

가 : 왜? 무슨 일 있어?

나 : 아버지 회사가 그 사이에 부도가 났어. 이제 어쩌면 좋니?

가 : **산 넘어 산**이라더니 어떻게 일이 이렇게까지 됐니?

中譯

A：聽說你父親發生了交通事故？現在還好吧？

B：現在還是意識不清，又發生了更大的事。

A：為什麼？是什麼事？

B：父親的公司在那期間破產了，現在不知道要怎麼做才好！

A：俗話說（산 넘어 산이다），怎麼事情會變成這樣呢？

CD-34

단어·문법 生字與文法

당하다 (當 -)	動 遭到、挨
의식불명 (意識不明)	名 意識不清、昏迷
벌어지다	動 展開、出現
부도나다 (不渡 -)	動 破產

Chapter 09 속담 俚語・俗諺

♫ CD-35

산(山) 넘어 산(山)[이다]

越過山，還是山。

意　譯 ｜ 比喻處於越來越困難的情形。

相似表現 ｜ 過了一山又一山。（中文表現）
갈수록 태산이다（韓文表現）

단어・문법 生字與文法

넘다 動 越過、渡過

♫ CD-36

활용예문 例句

1 A : 일자리는 구했어?
找到工作了嗎？

B : 아니, 아직. 고등학교 때는 좋은 대학만 가면 끝나는 줄 알았는데 졸업하면 일자리 구해야 하고 일자리 구하면 또 결혼하려고 애써야 하니 인생은 정말 산 넘어 산이구나.
還沒。高中的時候，以為只要上了好的大學就結束了，但畢業之後，還必須要找工作，工作找到了，又必須為了結婚而費心，人生真是過了一山又一山啊！

2 첫째 아이의 감기가 나으니 이제 둘째 아이가 감기에 걸리니 정말 산 넘어 산이다.
老大感冒好了，現在老二又感冒了，真的是過了一山又一山。

Chapter 09

문화 단원 文化單元

韓國的聖山── 白頭山（백두산）

白頭山（又稱長白山），為韓國的聖山，許多韓國的神話與傳說多源自於此。海拔高度 2,750 公尺，為朝鮮半島的最高山。白頭山位於北緯 41 度，東經 128 度，是圖們江、鴨綠江與松花江三江的發源地。因處於中國和北韓的交界處，所以也是中國的十大名山之一。

白頭山是一座休眠火山，過去曾噴發過三次，最近一次是在西元 1702 年的清朝康熙時期。白頭山的資源豐富，物種更是繁多，野生動植物多達千種，再加上地形垂直變化，造成從山底到山頂有著溫帶與寒帶的景觀，可以說是十分罕見。來到白頭山，除了可以觀賞鼎鼎有名的天池、長白山瀑布等景致外，秋天還可以至紅葉谷賞紅葉，冬天到白頭山密林深處進行冰雪運動等。

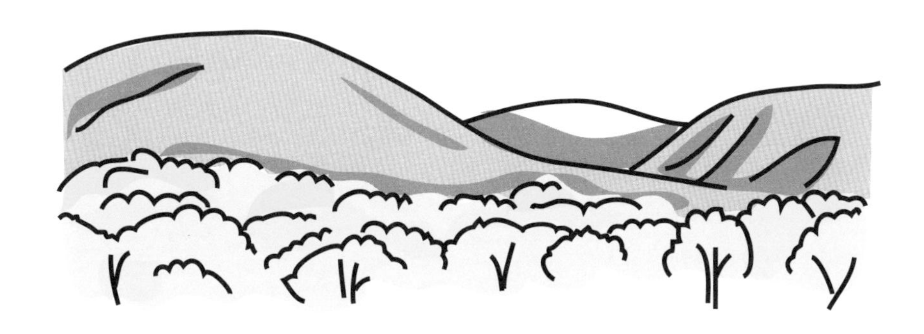

Chapter 09

南韓的第一高山——漢拏山（한라산）

西元 1970 年被指定為韓國國家公園的漢拏山，海拔高度 1,950 公尺，是南韓的第一高山。漢拏山為第三紀末至第四紀初火山活動造成的火山，目前為休眠火山。玄武岩構成的山脈從濟州島的中央地帶向東西兩側延伸。南面的山勢較為傾斜陡峭，北面則較為平緩。東西兩側相較之下高度較高，但卻較為平坦。自古以來漢拏山的名稱眾多，有釜岳、圓山、鎮山、仙山、頭無岳、瀛洲山、浮羅山、穴望峰、女將軍等等。在韓國的民間信仰當中，漢拏山和金剛山、智異山等三座山被合稱為三神山。漢拏山的山頂有周長約 3 公里，直徑 500 公尺的火口湖——白鹿潭，四周有土赤岳、砂羅岳、城板岳、御乘生岳等 360 多個寄生火山。另外，海岸地帶隨處可見瀑布和柱狀節理等美麗的火山地形。而隨著海拔高度的增加，高達 1,800 多種的亞熱帶、溫帶、寒帶的高山植物生長於此，植被變化分明可見。春天的山杜鵑花、杜鵑花、油菜花；秋天的楓葉；冬天的雪景和雲海等皆屬漢拏山的美景，而漢拏山的象徵——野生鹿也隨處可見。根據《東國輿地勝覽》記載，漢拏山在西元 1002 年（高麗穆宗 5 年）與 1007（高麗穆宗 10 年）年有過火山噴發紀錄，西元 1455 年（朝鮮世祖 1 年）和 1670 年（顯宗 11 年）也曾發生過地震，並且有造成重大災難的紀錄。

연습 測驗練習（1～9課）

一、請在以下框格中選出符合敘述內容的韓國俚語・俗諺。

① 더도 말고 덜도 말고 늘 가윗날만 같아라
② 떡 줄 사람은 꿈도 안 꾸는데 김칫국부터 마신다
③ 뚝배기보다 장맛이다

1. (　　) 잘 먹고 잘 입고 편히 살았으면 좋겠다는 말.

2. (　　) 해 줄 사람은 생각하지도 않는데 일이 다 된 것처럼 여기고 미리 기대하거나 행동한다는 말.

3. (　　) 겉모양은 보잘것없으나 내용은 훌륭함을 비유적으로 이르는 말.

二、請從之前學習過的單元中選出適當的俚語・俗諺，填入空格後完成整個句子。

1. 가 : ____________________더니, 네 뛰어난 말재주로 노사 간의 갈등을 해결했구나.
   나 : 아니에요. 부장님 덕분에 이 문제를 무사히 해결할 수 있었습니다.

2. 가 : 대학교를 졸업하면 돈을 벌어 수입차도 사고 해외여행도 많이 갈 거야.
   나 : ____________________지 마. 고등학생 주제에 공부나 열심히 해.

3. 가 : 엄마! 무슨 김밥이 이렇게 못 생겼어요.

나 : ____________________이라고 엄마가 정성껏 만든 것이니 시장에서 파는 것보다 훨씬 위생적이고 맛있을 거야.

三、請在以下框格中選出與提示俚語・俗諺相似的表現。

皇天不負苦心人　瓜田李下之嫌　五十步笑百步
百聞不如一見　過了一山又一山

1. 까마귀 날자 배 떨어진다

→____________________

2. 산 넘어 산이다

→____________________

3. 공든 탑이 무너지랴

→____________________

4. 백번 듣는 것이 한번 보는 것만 못하다

→____________________

5. 똥 묻은 개가 겨 묻은 개 나무란다

→____________________

Chapter 10

소 잃고 외양간 고친다

Chapter 10 대화 對話

♫ CD-37

가 : 어제 앞집에 도둑 들었던 거 알아?

나 : 진짜? 이게 웬일이야?

가 : 이상할 것도 없지. 그 집은 문단속도 소홀히 하고 게다가 문도 망가졌는데 몇 달 동안 고칠 생각도 안 했잖아.

나 : 그래서 얼마나 피해를 봤어?

가 : 집에 있는 고가의 패물이랑 돈이랑 다 가지고 갔나 봐.

나 : 그랬구나. 어쩐지 오늘 오다가 보니까 문도 새로 달고 수리하는 것 같더라고.

가 : 그럼 뭐해. **소 잃고 외양간 고치**는 격이지. 이미 패물은 다 도둑맞고 남은 것도 없는데 말이야.

中譯

A：你知道昨天前面的人家遭了小偷嗎？

B：真的嗎？這是怎麼回事啊？

A：這不奇怪，那一家門都不鎖好，再加上門都壞了幾個月也都沒想要修。

B：所以損失了多少呢？

A：家裡昂貴的飾品和錢好像都被拿走了。

B：那樣啊！難怪今天來的時候看到好像裝了新的門，並且修理的樣子。

A：那樣做能幹麻呢？等於是（소 잃고 외양간 고친다）嘛！飾品都已經被偷，什麼東西都沒剩下了。

CD-38

단어·문법 生字與文法

- **웬일** 名 怎麼回事
- **문단속（門團束）** 名 鎖門、關門
- **소홀히（疏忽 -)** 副 疏忽、大意
- **망가지다** 動 毀壞
- **고가（高價）** 名 高價
- **패물（佩物）** 名 裝飾、飾品
- **달다** 動 裝、掛、佩戴
- **격（格）** 依存名詞 樣子、方式

속담 俚語・俗諺

♫ CD-39

소 잃고 외양간(--間) 고친다

牛遺失後修牛棚。

意　譯 | 牛被偷了之後，才修理空無一物的毀壞牛棚。用來諷刺事情已經出錯後才想辦法，已經沒有用了。

相似表現 | 亡羊補牢，為時已晚。（中文表現）
도둑맞고 사립 고친다（韓文表現）

단어·문법 生字與文法

외양간 (-- 間)　名 牛棚、馬棚

♫ CD-40

활용예문 例句

1 A : 지진 피해로 많은 사람이 다쳐서 건물을 다시 강진에도 버틸 수 있게 짓기로 했대.
聽說因為震災的關係有很多人受傷，所以決定要重建能耐強震的建築。

B : 미리 대비했더라면 얼마나 좋았을까? 소 잃고 외양간 고친다고 인명 피해를 입은 사람을 어떻게 보상해 줘?
如果能事先防範的話，不知有多好。俗話說：「亡羊補牢，為時已晚」，要怎麼才能補償人命的損失呢？

2 소 잃고 외양간 고치지 않도록 미리미리 대비해서 후회하지 않도록 합시다.
若不想亡羊補牢，事後才在後悔，我們一定要事先防範。

Chapter 10 문화 단원 文化單元

亡羊補牢

本單元中的韓語諺語，其意思是做錯了事，不管再怎麼努力也無法挽回，有後悔莫及之意。但中文中的「亡羊補牢，猶未遲也。」指的是就算做錯事，只要努力彌補，還是有挽救的餘地，與韓國的亡「牛」補牢的單向消極意義有所差距。

「亡羊補牢」這句成語的典故，出自於《戰國策・楚策四》。根據此書的記載，戰國時代的楚襄王是一名昏君，整天只沉溺於玩樂之中。他的大臣莊辛曾向楚襄王進諫，但卻沒有得到採納。之後秦國對楚國發動戰爭，楚襄王流落到城陽，顛沛流離之際，想起了當初莊辛對他的勸諫，於是趕緊派人將莊辛請來，並且詢問他解決之策。莊辛回說：「見到兔子，再去找獵犬來追捕，不算晚；同樣地，羊跑掉了，之後趕緊修補羊圈，也不算太晚。」暗示只要楚襄王有心振作，絕對可以成功。楚襄王於是採納了莊辛的建議，最後終於成功收復了失土。

韓牛（한우）

一般成年韓牛的體重，公牛約 420 公斤，母牛約 300 公斤。但要是韓牛從小牛就開始餵食人工乳的話，公牛在出生後 18 個月就可以長到約 450 ～ 530 公斤，和一般正常 18 個月大約 210 公斤左右的牛相比，體重足足有 2 倍以上。韓牛體型的大小根據所處地方的不同，也有些微的差異。南部地方的牛體型最小，中部和北部的牛，越往北體型越大。在耕田能力方面，母牛一天可耕作水田20公畝、旱田25公畝左右，而公牛可比母牛多耕作20%左右的田地。

韓牛的優點有很多，例如體質強健，因此不容易感染疾病。且個性溫和，腳和蹄非常強壯，所以動作輕快，擅長工作。韓牛對於飼育管理的環境，容忍度也非常高，只要管理適當的話，繁殖力便可大幅提升。另外，韓牛的皮質堅硬，因此可以生產質地良好的皮革。但韓牛也有少數的缺點，例如體型不平均，特別是身體後半部較為貧乏，腳和蹄的外觀不佳，以及泌乳量少、乳頭較小等缺點。

從古代開始，韓牛便為了韓國的農耕、運輸、堆肥等目的而被飼育。在農家韓牛被當作財產一般重視，死後留下肉和牛皮。今日因產業的發達、農業的機械化等原因，其工作能力已逐漸淡化，但相反地，其食用牛的價值更令人重視。因人工乳的開發，使得飼育期間比起從前更加減短，對於肉產量和肉質的改良也有顯著的成果。現在保存的土種韓牛，依據毛的顏色有黃牛、黑牛等。

Chapter 11

싼 게 비지떡

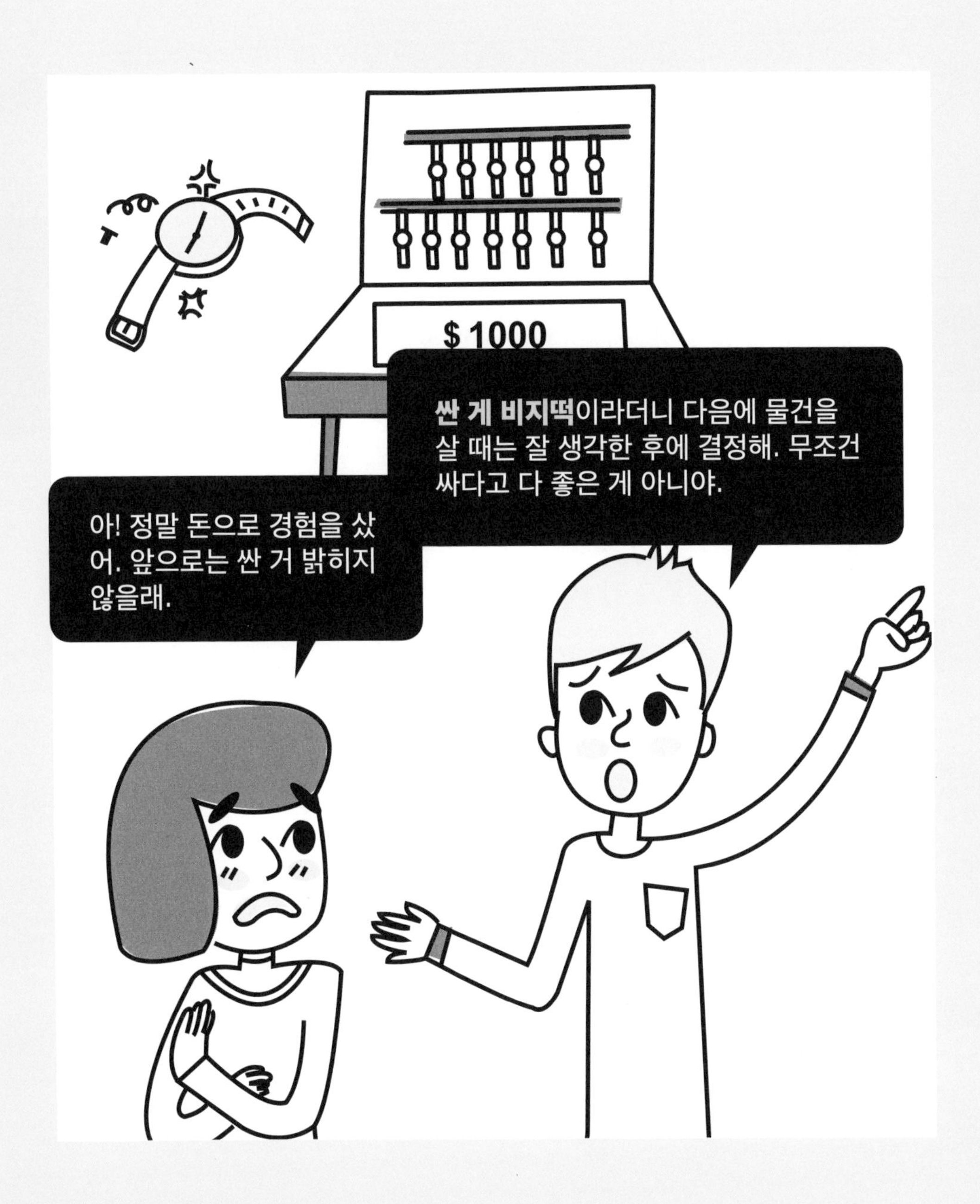

Chapter 11 대화 對話

♫ CD-41

가 : 너무해! 이 시계는 내가 지난주에 산 건데 이제는 움직이지도 않아.

나 : 시계는 보통 1년이 A/S기간 아니야? 가게에 가져가서 봐달라고 하면 되지! 그렇게 기분 나쁠 필요가 없잖아!

가 : 노점상에서 샀거든. 그때 예쁘고 싸다고 생각해서 안 살 수가 없었어. 지금에야 생각해 보니 오히려 더 낭비인 것 같아. 정말 후회돼.

나 : **싼 게 비지떡**이라더니 다음에 물건을 살 때는 잘 생각한 후에 결정해. 무조건 싸다고 다 좋은 게 아니야.

가 : 아! 정말 돈으로 경험을 샀어. 앞으로는 싼 거 밝히지 않을래.

中譯

A：太過分了！這只手錶我上個禮拜才買的，現在就不走了！

B：手錶通常不是都有一年的保固期嗎？你把手錶帶到店家請他們幫你看看不就行了？用不著那麼不高興啦！

A：可是這是在路邊攤買的。那時候覺得又便宜又好看，不買白不買。現在想起來，反而好像更浪費錢，真的很後悔。

B：俗話説（싼 게 비지떡），下次買東西的時候要想清楚後再決定，便宜不一定就是好的！

A：啊！真是花錢買教訓！下次我不會再貪小便宜了。

CD-42

단어·문법 生字與文法

- **움직이다** 動 移動、動搖
- **A/S 기간 (- 期間)** 名 保固期
- **노점상 (露店商)** 名 路邊攤
- **낭비 (浪費)** 名 浪費
- **무조건 (無條件)** 名 副 無條件
- **밝히다** 動 非常喜歡

Chapter 11 속담 俚語・俗諺

♫ CD-43

싼 게 비지떡

價錢便宜的是豆渣糕。

意　譯 | 價錢便宜的東西，品質也總是不好。

相似表現 | 便宜沒好貨。（中文表現）
값 싼 것이 갈치자반（韓文表現）

단어・문법 生字與文法

비지떡 名 豆渣糕

♫ CD-44

활용예문 例句

1 A：어제 산 옷이 벌써 늘어났어.
昨天買的衣服已經變鬆了。

B：싸게 샀다고 좋아하더니 역시 싼 게 비지떡이구나.
之前你還高興地說買得很便宜，果真是便宜沒好貨。

2 싼 게 비지떡이라고 싸다고 무턱대고 사는 것은 금물입니다.
俗話說：「便宜沒好貨」，胡亂買東西是最大禁忌。

Chapter 11

문화 단원 文化單元

韓國諺語「싼 게 비지떡」的起源

現在的韓國人常會用此諺語來表現用低廉的價格，卻買到了不合意的東西，因而感到後悔。但其實這句諺語最早是出現在朝鮮時期，當時的酒母（酒店的女主人），為了異鄉的遊子或旅人能在旅途上稍微解饑，於是打包豆渣糕給他們。所以本諺語中「싼 게」中的「싸다」，並不是形容詞便宜的意思，而是動詞打包的意思。原本酒母為了體恤這些獨自辛苦在外的旅人，而將豆渣糕包裝好放入其行囊的諺語，經過長期人們的訛傳之後，就變成了現在常用的「便宜沒好貨」之意。

跳蚤市場的由來

說到便宜沒好貨，或許您會想到跳蚤市場，但您知道跳蚤市場的由來嗎？跳蚤市場的起源有很多種說法，有一說為文藝復興時期的巴黎，當時有許多貧民將其家中舊物拿出來集中拍賣，但衣服物品因為年代久遠，且疏於管理，所以上方存有跳蚤而得其名。也有一說為跳蚤市場的衣物通常都會不斷地拍賣與流傳，就像跳蚤般跳來跳去，故取其意象。

Chapter 11

在韓國也有眾多的跳蚤市場，被稱為「도깨비시장（鬼市場）」，也有販賣眾多的二手商品。而此市場為什麼會以鬼怪為名呢？有人說是因為白天人山人海的市場，到了晚上人潮散去之後，卻只剩下鬼魅般陰森的氣氛。另外，也有人說是因為拍賣的東西就像鬼怪的物品一樣，又老又舊的關係。

Chapter 12

아니 땐 굴뚝에 연기 날까

Chapter 12 대화 對話

♫ CD-45

가 : 이번 시장의 부정부패 사건이 결국은 무죄판결을 받았다는데 넌 이 사실을 믿을 수 있겠어?

나 : 정계에서 다른 사람을 먹칠하는 건 흔한 일이야.

가 : 판사한테 뇌물을 줬다는 소문이 막 퍼지고 있어. 내 생각엔 그럴 수도 있을 거 같아. 그렇지 않고서야 어떻게 그렇게 쉽게 빠져 나올 수가 있어?

나 : 소문은 소문이지. 증거가 없다면 난 그래도 시장을 믿을 거야.

가 : 나는 못 믿어. **아니 땐 굴뚝에 연기 날까**? 분명히 뭔가가 있을 거야.

中譯

A：這次市長貪污的案子最後居然宣判無罪，你能相信這事實嗎？

B：在政界抹黑別人是很常見的事。

A：現在謠傳著法官收賄的消息。我認為似乎有可能，不然他怎麼能這麼容易就脱身呢？

B：謠傳就是謠傳，如果沒有證據的話，我還是相信市長。

A：我無法相信！（아니 땐 굴뚝에 연기 날까）？分明有什麼問題。

CD-46

단어·문법 生字與文法

부정부패（不正腐敗）	名 貪污腐敗
무죄판결（無罪判決）	名 判決無罪
정계（政界）	名 政界
먹칠하다	動 抹黑
흔하다	形 多的是、有的是
판사（判事）	名 法官
뇌물（賂物）	名 賄賂
소문이 퍼지다	常用表現 消息傳開
증거（證據）	名 證據

Chapter 12

속담 俚語・俗諺

♫ CD-47

아니 땐 굴뚝에 연기(煙氣) 날까

沒生火的煙囪會冒煙嗎？

意　譯 | （1）用來比喻沒有原因的話，不可能會有這樣的結果。
（2）用來比喻因為實際有某件事，所以才會有閒話的產生。

相似表現 | 無風不起浪。（中文表現）
아니 때린 장구 북소리 날까（韓文表現）

단어・문법 生字與文法

때다	動 生火
굴뚝	名 煙囪

♫ CD-48

활용예문 例句

1 A：살이 10킬로나 쪘어.
我胖了 10 公斤之多。

B：아니 땐 굴뚝에 연기가 나겠어? 그렇게 먹고 운동을 안 하는데 살 안 찌는 게 이상하지.
無風會起浪嗎？吃這麼多，又不運動，不長胖才奇怪。

2 "아니 땐 굴뚝에 연기날까?"라는 속담이 있듯이 남의 구설수에 오르지 않도록 조심해라.
就像是有句俗話：「無風不起浪」，小心不要給人留下話柄。

暖炕（온돌）

暖炕是韓國傳統房屋的暖房方法。在屋內的灶爐裡燒火，使得熱氣透過屋內地板達到取暖的效果。暖炕的使用與韓國人的生活方式關係密切，在傳統的民家中被廣泛地使用。

暖炕最早出現於西元前 5000 多年前的新石器時代遺址中，也出現在四世紀的黃海道安岳 3 號墳的高巨麗古墳壁畫當中。其作用的原理，是將爐灶裡所產生出來的熱氣導入鋪在炕道上的「炕板石」，當「炕板石」溫度越來越高時，就可以達到暖房的效果。而作為「炕板石」的岩石大都有雲母這種保溫效果優良的礦物。

暖炕是韓國獨特的暖房方法，熱效率極佳，燃料和設備又具有經濟性，在構造上也不需要經常維修保養。但仍有下面幾項缺點：第

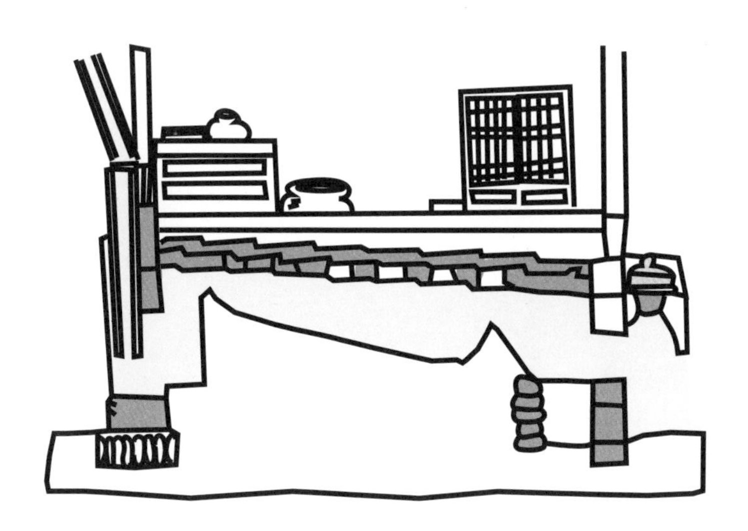

一，因為這種暖房的方法主要是透過熱傳導來達成的，所以屋內地板和上方的溫差極大。第二，有時為了維持屋內的溫度，須使房間密閉而導致空氣流通不佳。又或者是因濕氣不足，而導致空氣過於乾燥。

到了 1970 年代以後，為了降低一氧化碳中毒的危險，以及解決熱效率的問題，開始發展出現代化的暖房設備，也就是熱水鍋爐（온수보일러）。熱水鍋爐運用了暖炕的原理與技術，是韓國目前一般家庭中最主要的暖房設備，取代了傳統的暖炕。目前熱水鍋爐使用煤球（연탄）、煤炭、石油、電力、瓦斯等多種能源，有時也會將多種能源混合使用。

Chapter 13 얌전한 고양이 부뚜막에 먼저 올라간다

Chapter 13

대화 對話

♫ CD-49

가 : 소문 들었어?

나 : 무슨 소문?

가 : 옆집 새댁이 바람 피우다 걸렸다네.

나 : 정말? **얌전한 고양이가 부뚜막에 먼저 올라간다**더니 그렇게 얌전하고 참해 보이는 사람이 바람을 피우다니 알다가도 모를 일이야.

中譯

A：妳聽到傳聞了嗎？

B：什麼傳聞？

A：聽說隔壁的新娘子外遇被抓到了。

B：真的嗎？俗話說（얌전한 고양이가 부뚜막에 먼저 올라간다），看起來那樣老實文靜的人居然會外遇，真是讓人難以預料。

CD-50

단어·문법 生字與文法

- **새댁 (- 宅)** 名 新娘
- **바람 피우다** 慣用表現 搞外遇
- **걸리다** 動 抓住、上鉤、落網
- **참하다** 形 文靜、清秀

Chapter 13

속담 俚語・俗諺

CD-51

얌전한 고양이 부뚜막에 먼저 올라간다

老實的貓先爬上灶。

意　譯｜用來比喻外表看起來老實，且好像什麼事都不會做的人卻做小動作，或是圖自己實利的情形。

相似表現｜惦惦吃三碗公。（台語表現）

단어·문법 生字與文法

- **얌전하다**　形 老實、斯文
- **부뚜막**　名 爐灶

CD-52

활용예문 例句

1. A：저 아이가 절도죄로 잡혔대.
   聽說那個孩子因為竊盜罪被抓了。

   B：얌전한 고양이가 부뚜막에 먼저 올라간다더니 평소에는 행실이 바르다고 칭찬이 자자했던 아이잖아.
   俗話說：「惦惦吃三碗公」，他不是平常行為端正，大家都稱讚的小孩嗎？

2. 얌전한 고양이 부뚜막에 먼저 올라간다고 사람 겉모습만 봐서는 잘 몰라요.
   俗話說：「惦惦吃三碗公」，只看一個人外表的話，是看不清的。

Chapter 13

문화 단원 文化單元

灶神（조왕신）

跟台灣一樣，傳統韓國也有灶和灶神。所謂的灶神，其職責基本上就是掌管廚房的一切事物。韓國人對於灶神有些禁忌，例如在灶上料理時，不能胡亂說話，也禁止跨坐在灶上，這樣對灶神都是不尊敬的表現。在古代，韓國人每天早上都要去井邊汲水回來供奉灶神，在灶神的缽裡倒入滿滿的水，同時也祈求家運會越來越興旺。

韓國人的急性子

「快一點！快一點！（빨리！빨리！）」從這個韓國人的口頭禪就可看出韓國人的急性子。最近在網路社群的告示板上公開了一篇名為「公認韓國人急性子的 Best 10」的貼文，這是一家綜合研究公司針對 550 名成年男女所做的問卷調查結果。從問卷調查的結果看來，位居韓國人急性子第一名的為「對方正在通話中而無法接電話，但卻持續打了三次以上的人」，絕大多數的韓國人都有過此類經驗。第二名為「在 ATM 或是大賣場等地方為了找排隊最短的隊伍而東奔西走的人」。緊

接在後的為「泡麵時倒入水之後連三分鐘都無法等待，持續用筷子攪來攪去的人」。位居第四的為「咖啡自動販賣機動作剛結束，指示燈都還沒熄滅之前就把杯子取出的人」。第五名為「在 KTV 時，別人唱歌唱到一半就切歌的人」。第六名為「將地鐵轉乘站的最快移動路線一一背熟的人」，這樣的人也成了急性子的代名詞。第七名為「下課鐘都還沒響起，就開始收拾書包的學生」。除此之外，「糖果剛開始用含的，稍微融化了之後便用嚼的人」、「才剛按下微波爐的啟動按鈕，就一直往裡面看旋轉盤的人」、「烤肉時不管肉到底熟了沒，就不停地上下翻轉的人」，分居第八、第九、第十的名次。

Chapter 14

우물에 가 숭늉 찾는다

고객님, 아무리 급하셔도 결제를 해 주셔야 티켓을 보내 드립니다.

아! 제가 너무 급하다 보니 **우물에 가 숭늉 찾**았네요. 제가 결제 해 드릴 테니 되도록 빨리 부탁드립니다.

ABC Airline

Chapter 14 대화 對話

♫ CD-53

가 : 어제 예약한 비행기 티켓은 어떻게 됐어요? 오늘 받을 수 있나요?

나 : 고객님, 아무리 급하셔도 결제를 해 주셔야 티켓을 보내 드립니다.

가 : 아! 제가 너무 급하다 보니 **우물에 가 숭늉 찾**았네요. 제가 결제 해 드릴 테니 되도록 빨리 부탁드립니다.

나 : 네, 결제해 주시면 2~3일 안에 발송해 드리겠습니다. 감사합니다.

中譯

A：昨天預約的機票怎麼樣了？今天拿得到嗎？

B：顧客！再怎麼急，也要先結清款項，才能將票寄給您。

A：啊！我太急了，居然就（우물에 가 숭늉 찾는다）了！我馬上就結清款項，拜託盡量快一點。

B：好的，結清款項的話，會在兩三天內寄送給您。謝謝！

CD-54

단어·문법 生字與文法

예약하다 (豫約 -)	動 預定、預約
티켓 (ticket)	名 票、券
아무리	副 無論如何、不管怎樣
결제하다 (決濟 -)	動 結帳、付清
되도록	副 盡量、盡可能
발송하다 (發送 -)	動 寄送

Chapter 14

속담 俚語・俗諺

♫ CD-55

우물에 가 숭늉 찾는다

去井裡找鍋巴湯。

意　譯 | 用來比喻所有的事都有其秩序，卻不知道事情的先後順序而性急行動。

相似表現 | 燒蝦等不得紅。（中文表現）

싸전에 가서 밥 달라고 한다（韓文表現）

단어・문법 生字與文法

우물	名 井
숭늉	名 鍋巴湯

♫ CD-56

활용예문 例句

1 A : 엄마, 배고파요. 지금 빨리 밥 주세요.

媽！我肚子餓。我現在就要吃飯。

B : 우물에 가 숭늉 찾는다고 아무리 급해도 밥을 해야 주지. 조금만 기다려라.

俗話說：「燒蝦等不得紅」，再怎麼急，也要做好飯才能給你吃。稍微等一下。

2 우물에 가 숭늉 찾는다고 숭늉이 나오는 것이 아니니 아무리 급해도 순서대로 일을 처리해야지.

不是說去井裡找鍋巴湯，就找得到鍋巴湯。再怎麼急，也要按順序來處理事情。

Chapter 14

문화 단원 文化單元

韓國的各式湯品——鍋巴湯、海帶芽湯、人蔘雞湯、解酒湯

鍋巴湯（숭늉）：鍋巴湯為韓國傳統的平民湯品。過去韓國人在煮飯時，一般都是將穀物和一定量的稻米放入鍋中悶煮，但鍋中若還有水分殘留的話，無論再怎麼加熱，其溫度也無法超過攝氏 100 度。必須等到鍋底的水分完全蒸發，溫度上升至 220 ～ 250 度之間，且維持 3 至 4 分鐘左右，這時稻米才會變成褐色的鍋巴。此時的鍋巴因澱粉被分解，因而產生葡萄糖及葡聚醣，所以散發出濃郁的香味。韓國人會在鍋巴上淋上熱水，就成了香味四溢的鍋巴湯。

海帶芽湯（미역국）：長期以來，韓國的女性在生完小孩或是生日時，一定要吃的食物就是海帶芽湯。至於為何在生產後必須大量食用海帶芽，從醫學的角度來看，由於海帶芽中鐵含量高，對於產後婦女補血有很大的幫助。再加上海帶芽有豐富的褐藻酸，可吸附體內的微量重金屬，將其排出體外，所以中醫一直都認為海帶芽有清血排毒的功能，對於身體的健康大有益處。

人蔘雞湯（삼계탕）：韓國的人蔘雞湯，是在雞的肚中塞入糯米、紅棗、栗子、蒜頭、人蔘等材料後，再經長時間的熬煮而成。在中國與韓國傳統節氣上，有所謂「三伏」，分別為初伏、中伏與末伏，指

的就是一年中最熱的三個時期，主要是在夏秋之際。韓國人常說：以熱治熱，在炎熱的夏天反而應該吃性質較熱的食物。其主張的根據在於天氣較熱時，體內的陽氣（熱）也隨之散發於外，體內反而存在較多的陰氣（冷），因此須用性質較為溫熱的雞肉與人蔘來滋補身體，以保持體內的平衡。所以韓國人特愛在三伏之際吃人蔘雞湯，期盼在炎熱的日子中也能健健康康，不受病痛侵擾。

解酒湯（해장국）：韓國解酒湯的種類不少，有黃豆芽解酒湯、豬骨解酒湯、明太魚解酒湯等。解酒湯，顧名思義就是要讓喝了酒後，不適的人較為舒服的湯。因為一般人在喝酒後，需要補充大量水分，所以喝湯不僅能補充水分，也有解酒、暖腸的效用。其實不只解酒湯，在韓國也認為喝蜂蜜水有助舒緩宿醉，可以讓人盡速恢復正常的身體機能。

Chapter 15

자라 보고 놀란 가슴 솥뚜껑 보고 놀란다

자라 보고 놀란 가슴 솥뚜껑 보고 놀란다더니 네 경우를 두고 하는 소리구나.

어휴, 너는 몰라서 그래. 어렸을 때 개한테 물린 적이 있는데 그 뒤로는 정말 강아지만 봐도 너무 무서워.

Chapter 15

대화 對話

♫ CD-57

가 : 으악! 강아지다.

나 : 저렇게 작고 귀여운 강아지가 뭐가 무서워서 그래?

가 : 어휴, 너는 몰라서 그래. 어렸을 때 개한테 물린 적이 있는데 그 뒤로는 정말 강아지만 봐도 너무 무서워.

나 : **자라 보고 놀란 가슴 솥뚜껑 보고 놀란다**더니 네 경우를 두고 하는 소리구나.

中譯

A：媽呀！是小狗啊！

B：那麼小又可愛的狗有什麼好怕的啊？

A：哎！妳不知道才這樣說。我小時候曾被狗咬過，從那之後就算看到小狗也很害怕。

B：俗話說（자라 보고 놀란 가슴 솥뚜껑 보고 놀란다），就是在說妳的情況啊！

♫ CD-58

단어·문법 生字與文法

물리다	動 被咬
경우 (境遇)	名 情況
두다	動 指～、就～

Chapter 15 속담 俚語・俗諺

♫ CD-59

자라 보고 놀란 가슴 솥뚜껑 보고 놀란다

看到鱉受到驚嚇的心，連看到鍋蓋都會嚇到。

意　譯 | 指因某事物受到很大驚嚇的人，只要看到相似的事物時也會害怕。

相似表現 | 一朝被蛇咬，十年怕草繩。（中文表現）
더위 먹은 소 달만 보아도 헐떡인다（韓文表現）

단어·문법 生字與文法

자라	名 鱉
솥뚜껑	名 鍋蓋

♫ CD-60

활용예문 例句

1 A：요즘 폭설 때문에 난리야.
最近因為暴風雪的關係搞得人仰馬翻。

B：자라 보고 놀란 가슴 솥뚜껑 보고 놀란다고 나도 어제 스티로폼이 부서져서 날리는 걸 눈으로 착각하고 깜짝 놀랬었어.
俗話說：「一朝被蛇咬，十年怕草繩」。我昨天錯把泡沫塑料破碎飛揚的景象當成了雪，嚇了我一大跳。

2 자라 보고 놀란 가슴 솥뚜껑 보고 놀란다고 우리 아들은 뜨거운 물에 데인 후엔 물만 봐도 놀라고 싫어해.
俗話說：「一朝被蛇咬，十年怕草繩」。我的兒子被熱水燙傷後，只要看到水，都非常驚慌厭惡。

Chapter 15 문화 단원 文化單元

朝鮮時代後期的韓文小說——鱉主簿傳

鱉主簿傳為韓國人眾所皆知的小說。相傳住在深海裡面的龍王患了重病，臣子們找尋了堅硬的鱘魚魚鱗、閃亮的珊瑚粉、長長的鮟鱇魚脊椎、黃黃的海馬眼皮……等珍貴的藥材貢獻給龍王，但龍王的病情卻不見好轉，反而逐漸惡化。於是臣子們把醫術高明的醫官帶到龍王旁。龍王問道：「要怎麼做我的病才會好呢？」醫官把了龍王的脈之後說道：「只要吃了兔子的肝，馬上就會痊癒。」聽了醫官這一番話讓在場的臣子們全都驚訝地瞪大了眼睛。其中一位臣子問道：「兔……兔子？不就是生活在陸地上的動物嗎？」醫官點了點頭，而一旁的臣子們則是不知所措地左顧右盼。

這時，群臣之中的鱉主簿很爽快地站了起來說：「我去把兔子抓來。請把兔子的畫像畫給我。」臣子們馬上就把畫工傳來，請他畫出兔子的畫像。「長長的雙耳、圓圓的紅色雙眼、短短的尾巴和白色的身軀。啊！真是前所未見。」看了兔子畫像的鱉主簿如此說道。於是，鱉主簿便帶著兔子的畫像出了龍宮，一口氣往陸地的方向游去，心想：「我一定要讓龍王的病好起來！」一到陸地上的鱉主簿便開始四處張望，就在那時，剛好看到一隻小動物跳了過去。「兩個長耳、紅色的眼睛、短短的尾巴……沒錯！這一定是兔子。」「兔子先生，兔子先生，我們總算見面了。」見到兔子的鱉主簿開心地和兔

子說起話來。兔子歪著頭問道：「您是從哪裡來的啊？」「我是從海裡龍宮來的鱉主簿，為了見聰明伶俐的兔子一面，而到這裡來。」「您說龍宮嗎？」「兔子先生啊！您真的非常有名，甚至在龍宮都知道您的大名。您不要在陸地上過著被其他動物追逐的生活了！和我一起到龍宮去好好享受人生吧！」鱉主簿的一番話讓兔子的心產生了動搖。「好吧！就趁著這個機會去龍宮看看吧！」

鱉主簿載著兔子往龍宮的方向前進，經過了閃亮的珊瑚村莊，越過了魟魚山丘，終於看到了龍宮的臣子們於大門前揮手迎接。「啊！大家果然都很歡迎我！」兔子在鱉主簿的肩上洋洋得意地笑著。「但是，現在是怎麼一回事啊？」一進到龍宮，士兵們便出來把兔子牢牢地用繩子綁住。在病床上的龍王暫時起身對兔子說：「我必須要吃你的肝，這樣我的病才會好，你必須交出你的肝來。」這時兔子才知道上了鱉主簿的當。但兔子靈機一動，馬上想出了對策，並裝出為難的表情說：「如果獻出我的肝能夠治癒好龍王您的病的話，我當然一定會把肝雙手奉上。但是現在我的肝藏在森林裡的石頭縫裡，要是鱉主簿早跟我說是龍王您身體不舒服的話，我就會把肝給帶來，真是惋惜啊！」龍王和臣子們對兔子的話感到非常生氣。「你知道這裡是哪裡嗎？竟敢如此說謊！」「把肝挖出來的話，哪能還這樣到處走動，實在是太不像話了。」但兔子仍然繼續地裝傻說謊。最後，龍王還是命令鱉主簿把兔子帶回陸上去取回他的肝。兔子一下到陸地上，馬上就咻地一聲開始奔跑。鱉主簿為了叫住兔子而站了起來，並大喊：「兔子先生！兔子先生！一起走啊！」這時，兔子咯咯地笑著說：「世上哪有可以把肝拿出來又放回去的動物啊！雖說一想到被你欺騙就很生氣，但看在你把我帶回陸地，就原諒你吧！」當鱉主簿意識到自己被兔子騙了的時候，兔子早就已經消失，不見蹤跡了。

Chapter 16 팔이 안으로 굽지 밖으로 굽나

Chapter 16 대화 對話

♫ CD-61

가 : 들었어? 옆반 민경이가 이번 노래자랑 대회에서 일등을 했대.

나 : 그게 사실이야? 내 기억에는 민경이가 그다지 노래를 잘 부르지 않았던 것 같은데.

가 : 너 모르구나! 심판 중의 한 명이 민경이 친척이래.

나 : 어쩐지. **팔이 안으로 굽지 밖으로 굽냐**는 말이 있잖아? 사람이면 자기 사람한테 후하기 마련인 것 같아.

가 : 맞아! 그렇지만 그건 정말 불공평해.

中譯

A：你聽說了嗎？隔壁班的敏京在這次的歌唱大賽中拿到了冠軍。

B：那是真的嗎？在我印象中，她好像並不是那麼會唱歌。

A：原來你不知道啊！聽說評審裡有一位是敏京的親戚。

B：難怪！不是有句俗話說（팔이 안으로 굽지 밖으로 굽나）嗎？只要是人，好像總是會對自己人較好。

A：對啊！不過那真是不公平。

♫ CD-62

단어·문법 生字與文法

- **그다지** 副 不太、不怎麼
- **심판（審判）** 名 評審、裁判
- **후하다（厚 -)** 形 寬厚、優厚、優渥
- **불공평하다（不公平 -)** 形 不公平

속담 俚語・俗諺

CD-63

팔이 안으로 굽지 밖으로 굽나

手臂往內彎，會往外彎嗎？

意　譯 | 比喻人會對於自己或和自己親近的人較為偏袒，這是人之常情。

相似表現 | 胳膊往內彎。（中文表現）
손이 들이굽지 내굽나 （韓文表現）

단어·문법 生字與文法

▶ **굽다** 　動 彎、彎曲

CD-64

활용예문 例句

1. A：이번에 학교에서 체육대회 한다던데 넌 어디 응원해?
聽說這次學校要舉辦體育大會，你要幫誰加油？

B：팔이 안으로 굽지 밖으로 굽겠어? 당연히 우리 과 응원하지.
胳膊難道會往外彎嗎？當然是幫我們系加油。

2. 팔이 안으로 굽지 밖으로 굽냐고 역시 우리 딸이 제일 이쁘다 .
俗話說：「胳膊往內彎」，還是我們的女兒最漂亮。

Chapter 16

문화 단원 文化單元

韓國人的手勢

手勢是一種身體語言，雖然韓國與台灣都屬於漢字文化圈，在文化、生活或思考方式上有許多共同點，但在代替口說語言的手勢上，則存在著不少差異。舉例來說，用手指頭來表現數字的方法及觀念就是相反的。以下就舉出一些韓國人經常使用的手勢，並釐清一些與在台灣所具意義不同的手勢。

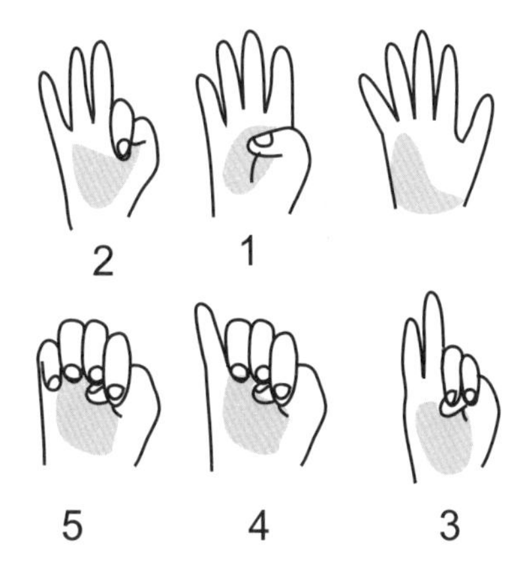

（1）韓國人在數數的時候，一開始會把手掌打開，大拇指往掌心彎進來即為 1，從 2 到 4 分別是食指、中指、無名指接續著往內彎，最後數到 5 時，小拇指內彎呈現握拳狀。而我們所習慣的數字表現方式通常是從代表零的握拳開始，食指伸出代表 1，接著依序是中指、無名指、小拇指，最後大拇指伸出，手掌整個攤開即為 5。

（2）在電視劇當中，有時會看到韓國人做兩手互搓的動作。這通常是他們在拜託他人或祈禱時的手勢。有時候在道歉請求他人原諒時，也會做出這個手勢。

（3）我們習慣做出的 OK 手勢，也就是手掌展開後，將大拇指與食指連起來的手勢，在韓國代表的是「錢」的意思，不具有 OK 的意思。

（4）小拇指在韓國所代表的意義是女朋友或戀人，不帶有瞧不起別人的意思。

（5）韓國人在約定好時會做「打勾勾」的確認手勢，其步驟較台灣的複雜，有打勾勾、蓋章、簽名、影印、護貝等項目。

（6）在玩「剪刀石頭布」時，有些人所出的剪刀是伸出大拇指與食指。

（7）韓國人在表現生氣的樣子時，會將兩手的食指放在頭兩側，再反覆地往上升起，以表示火冒三丈之意。

（8）韓國電視劇中也常看到當有人因腳麻無法行走時，會以手指沾口水，再反覆地塗在鼻頭上的動作，這是韓國人認為能迅速消除腳麻的一種民間偏方。

Chapter 17

핑계 없는 무덤이 없다

Chapter 17

대화 對話

♫ CD-65

가 : 숙제는 다 했니?

나 : 오늘 비가 와서 도서관에 못 가서 아직 못했어요.

가 : 집에서 하면 되잖니?

나 : 그게 집에서 하려니까 밖이 너무 시끄러워서 못했어요.

가 : 정말 **핑계없는 무덤 없다**더니 너는 매일 숙제를 못하는데 그때마다 변명거리가 있구나.

中譯

A：作業都做完了嗎？

B：今天下雨沒辦法去圖書館，所以還沒做。

A：在家做不就行了嗎？

B：本來想在家做，可是因為外面太吵了，所以沒辦法做。

A：俗話說（핑계없는 무덤 없다），你每天都沒辦法作功課，而且每次都有辯解的理由！

CD-66

단어·문법 生字與文法

시끄럽다	形 吵、吵雜
-마다	助 每
변명(辨明)	名 辯解
거리	接尾 材料、話題

속담 俚語・俗諺

♫ CD-67

핑계 없는 무덤이 없다

沒有無藉口的墳墓。

意　譯 | 就如同每個人死了，都有他的死因一樣，比喻無論是鬧出多麼大錯誤的人，也會有對這事情的辯解和理由。

相似表現 | 도둑질을 하다 들켜도 변명을 한다（韓文表現）
똥 싼 년이 핑계 없을까 （韓文表現）
처녀가 아이를 낳아도 할 말이 있다（韓文表現）

단어・문법 生字與文法

- **핑계** 名 藉口
- **무덤** 名 墳墓

♫ CD-68

활용예문 例句

1. A：죄송합니다. 오늘은 길이 막혀서 늦었어요.
   很抱歉！今天因為塞車，所以遲到了。

   B：핑계 없는 무덤이 없다고 며칠째 계속 지각을 해도 항상 변명거리가 있구나.
   你真是理由一堆，即使連續幾天都遲到，你也總是有理由辯解。

2. 핑계 없는 무덤 없다고 사람들은 언제나 자신의 일에 이유나 핑계를 만들어 위안을 삼곤 합니다.
   犯錯的人總是愛找理由，為自己的事找些藉口來作為安慰。

Chapter 17

문화 단원 文化單元

朝鮮王陵（조선왕릉）

朝鮮王陵包含了朝鮮時代的 27 代王、王妃，以及死後追封的王、王妃的陵寢，總共 44 座，而 44 座的陵寢中有 40 座被登錄在世界文化遺產當中。朝鮮王陵因為是韓國現存王陵中保存最為完整的，因此朝鮮王陵全部被指定為國定古蹟。像朝鮮王朝一樣，能在 519 年這樣長的時間，由一個王族維持統治，在歷史上所見不多，而歷代的王和王妃的陵墓全部都能完整地保存下來，則更加難得。

朝鮮王陵的設計融合了儒教和風水等喪葬文化，王陵的所在地不只彰顯了王室的權威，也可看出尊重自然地形、和大自然調和的營造技術。朝鮮王朝的最高法典《經國大典》中明確地提到：「陵寢的區域必須在漢陽城西大門外百里內才行。不能距離都城太遠或是太近，以都城為中心，半徑 10 里（約 4 公里）以外至 100 里（約 40 公里）以內建造王陵為第一原則。」實際考察朝鮮的王陵，除了位在北韓的厚陵、齊陵和京畿道驪州的英陵與寧陵、江原道寧越的莊陵之外，其餘的王陵全部都位在漢陽城（現首爾）西大門外 100 里之內。

為了維持王陵陵寢區域的神聖性，最初是以封墳處為中心，往四方 100 步內的距離為陵寢區域，與外界做出隔離。到了太宗時變成 161 步，顯宗時更增加至 200 步的距離。陵寢區域的構造依照實行各種祭禮的順序，以「進入空間—祭禮空間—轉移空間—陵寢空間」的架構來建造。並且依照背山臨水和左青龍右白虎的風水，把後面的主山和前面的朝山作為包夾的範圍界線，在界線內的所有村莊、建築物，以及個人墳墓等都須遷移到其他地區，並且在範圍內種植大片綠地。

如此建造的王陵有第 1 代王太祖的建元陵、神懿王后的齊陵和神德王后的貞陵；第 2 代定宗和定安王后的厚陵；第 3 代太宗和元敬王后的獻陵；第 4 代世宗和昭憲王后的英陵；第 5 代文宗和顯德王后的顯陵；第 6 代端宗的莊陵和定順王后的思陵；第 7 代世祖和貞熹王后的光陵；第 8 代睿宗和安順王后的倉陵、章順王后的恭陵；第 9 代成宗和貞顯王后的宣陵、恭惠王后的順陵；第 10 代燕山君和居倉郡夫人的燕山君墓；第 11 代中宗的靖陵和端敬王后的溫陵、章敬王后的禧陵、文定王后的泰陵；第 12 代仁宗和仁聖王后的孝陵；第 13 代明宗和仁順王后的康陵；第 14 代宣祖和懿仁王后、仁穆王后的穆陵；第 15 代光海君和文城郡夫人的光海君墓；第 16 代仁祖和仁烈王后的長陵、莊烈王后的徽陵；第 17 代孝宗和仁宣王后的寧陵；第 18 代顯宗和明聖王后的崇陵；第 19 代肅宗和仁顯王后、仁元王后的明陵、仁敬王后的翼陵；第 20 代景宗和宣懿王后的懿陵、端懿王后的惠陵；第 21 代英祖和貞純王后的元陵、貞聖王后的弘陵；第 22 代正祖和孝懿王后的健陵；第 23 代純祖和純元王后的仁陵；第 24 代憲宗和孝顯王后、孝定王后的景陵；第 25 代哲宗和哲仁王后的睿陵；第 26 代高宗和明成皇后的洪陵；第 27 代純宗和純明孝皇后、純貞孝皇后的裕陵、以及追尊王的德宗和昭惠王后的敬陵、元宗和仁獻王后的章陵、真宗和孝純王后的永陵、莊祖和獻敬王后的隆陵、翼宗（文祖）和神貞王后的綏陵等。

在以上的王陵中，除了位在北韓境內的太祖王妃齊陵、定宗和定安王后的厚陵、被廢位的燕山君墓和光海君墓等四座陵寢之外，其餘的 40 座陵寢皆在 2009 年 6 月於西班牙所舉辦的 UNESCO（聯合國教育科學文化機構）世界遺產委員會中被登載為世界文化遺產。

Chapter 18 호랑이도 제 말 하면 온다

Chapter 18 대화 對話

♫ CD-69

가 : 벌써 왔어? 시간 너무 잘 지키는 게 아니야?

나 : 그럼, 기본이지! 원래 시간에 맞춰서 오는 게 예의지.

가 : 맞아! 그런데 우리 동기 성우 걔 알지? 맨날 약속하면 늦게 오고 정말 지각쟁이야.

나 : 어머! 이게 누구야! 정말 **호랑이도 제 말 하면 온다**더니.

가 : 성우야! 여기 어쩐 일이야?

다 : 친구랑 여기서 만나기로 했는데 조금밖에 늦지 않았는데 치사하게 다들 갔나 봐.

中譯

A：你已經到了啊？你會不會太守時了啊？

B：當然！這是最基本的。本來準時來就是禮貌。

A：沒錯！可是你知道跟我們同期叫晟宇那個人吧？每次約都遲到，真是遲到大王！

B：唉呦！那是誰啊！真的是（호랑이도 제 말 하면 온다）。

A：晟宇！你怎麼會來這兒？

C：和朋友約在這裡見面，沒遲到多久，大家好像很小氣地就都走了。

CD-70

단어·문법 生字與文法

- **지각쟁이 (遲刻 -)** 名 遲到大王
- **치사하게 (恥事 -)** 副 小氣、吝嗇、可恥

Chapter 18

속담 俚語・俗諺

♬ CD-71

호랑이도 제 말 하면 온다

老虎也在說到自己時來。

意 譯 | （1）在說有關別人事情的時候，碰巧那個人出現的情況。

（2）連在深山中的老虎，在別人說到自己的時候，也會聞話而來。意思就是不論是在什麼地方，不要因為那個人不在就說別人的壞話。

相似表現 | 說到曹操，曹操就到。（中文表現）

시골 놈 제 말 하면 온다（韓文表現）

단어·문법 生字與文法

▶ **제** 名 自己

♬ CD-72

활용예문 例句

1 A : 어제 대리님이 과장님이랑 의견이 맞지 않아 언성을 높였대.

聽說昨天組長跟課長意見不合，話說得很大聲。

B : 쉿! 호랑이도 제 말 하면 온다고 저기 대리님 오신다.

噓！俗話說：「說到曹操，曹操就到」，組長正從那邊過來。

2 호랑이도 제 말 하면 온다고 내가 어떤 사람 흉을 보면 꼭 그 사람이 나타나서 난감한 적이 많아.

俗話說：「說到曹操，曹操就到」，我常常一說某個人的壞話，那個人就會出現，讓我很難堪。

Chapter 18 문화 단원 文化單元

韓國的老虎會抽菸？

朝鮮半島的形狀由於長得像一隻老虎，所以韓國人長期以來就以老虎象徵自己的國家。老虎對於韓國人來說，既是守護神，同時也如同朋友般的存在。從韓國古代的檀君神話，到各類的民間傳說中，都可以看到老虎出現的蹤跡。

在描述過往的事件時，中國人常用「從前從前」來表示好久以前的故事。在韓國，則會用「老虎抽菸的時代」當作起頭。但為什麼是「老虎抽菸」呢？這起源要往前推溯四百年。香菸於 1618 年由日本傳入韓國，在當時不論身分地位、男女老少都能抽菸，抽菸於是變成了一種流行，而且沒有任何規範（現在的韓國社會是不能在長輩面前抽菸的）。久而久之，連老虎也會抽菸的傳聞就此廣為流傳。然而到了 18 世紀，朝鮮時期的兩班（士大夫階級）們認為抽菸也應分階級，於是他們主張只有自己才能抽菸，如果在高官面前抽菸就要受罰，使得抽菸變成了兩班專有的權利，人民不能再隨意抽菸。於是，一般平民只能無止盡地懷念那個人人都能抽菸的 17 世紀，因此就有人開始以「老虎抽菸的年代」來表達對 17 世紀的深深懷念。

韓國人的始祖神話── 檀君神話（단군신화）

古時候，有位一天神名為桓因，因知道其庶子桓雄屬意人世，於是就授與桓雄三個天符印，並讓他率領三千徒眾，下凡來到太白山頂的一棵神檀樹下，並在那裡建立了神市，被稱為桓雄天王。他率領風伯、雨師、雲師三人，主管農業、性命、疾病、刑罰、善惡等人世間之三百六十餘件大事。

當時，有一隻熊與一隻老虎同住在一個山洞中。牠們常乞求桓雄讓牠們變成人類。於是桓雄就給牠們一把神奇的艾草和二十個蒜頭，並且說道：「如果你們吃了這些東西，並且在百日間不要照到太陽光的話，就可以變成人類。」熊遵照桓雄指示，在過了二十一天後就變成了一個女人，但是老虎沒能遵照桓雄的指示，終究無法變成為人。後來由於熊女沒有結婚的對象，因此常常到神壇樹下祈禱，於是桓雄就化身為人與熊女結婚，並生下一子，他就是檀君。

檀君在堯帝即位五十年時，定都於平壤，建立了古朝鮮王國。後又遷都於白岳山之阿斯達，統治期間長達一千五百年。周武王即位時，封箕子於朝鮮，檀君於是隱居在阿斯達的深山中，成為了山神，享壽一千九百零八歲。

檀君建立古朝鮮的神話，被記錄於高麗僧人一然（1206 ～ 1289）所編寫的《三國遺事 ‧ 紀異篇》中。雖然此神話中記載的歷史受到質疑，但檀君在韓國人心中卻一直都是最早建立國家的韓國始祖。

연습 測驗練習（10～18課）

一、請在以下框格中選出符合敘述內容的韓國俚語・俗諺。

① 우물에 가 숭늉 찾는다
② 자라 보고 놀란 가슴 솥뚜껑 보고 놀란다
③ 핑계 없는 무덤이 없다

1. (　　) 일의 순서를 무시하고 성급하게 서두름을 비유적으로 이르는 말.

2. (　　) 무슨 일이든지 이유를 붙여 변명할 수 있다는 말.

3. (　　) 어떤 일에 몹시 놀란 사람은 그와 비슷한 사물만 보아도 겁을 낸다는 것을 비유적으로 이르는 말.

二、請從之前學習過的單元中選出適當的俚語・俗諺，填入空格後完成整個句子。

1. 가 : ____________________이라고, 내 차 또 고장 났어.
   나 : 시중 가격보다 말도 안되게 싼 가격으로 샀으니 차 상태가 좋을 리 없지.

2. 가 : 담배를 너무 피워서 기관지에 자꾸 문제가 생겨. 의사가 담배를 끊는 게 좋을 거라고 했는데 끊을까 생각 중이야.
   나 : ____________________지 말고 당장 끊어야지.

3. 가 : 그 사람은 연예계의 톱스타인데 탈세 혐의로 구속되었다니 정말 믿을 수 가 없어.

나 : ____________________라는 말이 이잖아. 겉 다르고 속 다른 것이 사람이지.

三、請在以下框格中選出與提示俚語・俗諺相似的表現。

便宜沒好貨　無風不起浪　呫呫吃三碗公
胳膊往內彎　說到曹操，曹操就到

1. 얌전한 고양이 부뚜막에 먼저 올라간다

→____________________

2. 아니 땐 굴뚝에 연기 날까

→____________________

3. 팔이 안으로 굽지 밖으로 굽나

→____________________

4. 호랑이도 제 말 하면 온다

→____________________

5. 싼 게 비지떡

→____________________

測驗練習解答

정답 解答

測驗練習（1 ～ 9 課）

一、

1. (①) 2. (②) 3. (③)

二、

1. 말 한마디에 천 냥 빚도 갚는다더니, 네 뛰어난 말재주로 노사 간의 갈등을 해결했구나.

2. (떡 줄 사람은 꿈도 안 꾸는데) 김칫국부터 마시지 마. 고등학생 주제에 공부나 열심히 해.

3. 뚝배기보다 장맛이라고 엄마가 정성껏 만든 것이니 시장에서 파는 것보다 훨씬 위생적이고 맛있을 거야.

三、

1. 瓜田李下之嫌

2. 過了一山又一山

3. 皇天不負苦心人

4. 百聞不如一見

5. 五十步笑百步

測驗練習（10 ～ 18 課）

一、

1. (①) 2. (③) 3. (②)

二、

1. 싼 게 비지떡이라고, 내 차 또 고장 났어.

2. 소 잃고 외양간 고치지 말고 당장 끊어야지.

3. '아니 땐 굴뚝에 연기 날까? '라는 말이 있잖아. 겉 다르고 속 다른 것이 사람이지.

三、

1. 惦惦吃三碗公

2. 無風不起浪

3. 胳膊往內彎

4. 說曹操，曹操就到

5. 便宜沒好貨

國家圖書館出版品預行編目資料

Fun！有趣的韓國俚語・俗諺 / 陳慶智著
-- 初版 -- 臺北市：瑞蘭國際 ,2014.04
160 面；17 × 23 公分 --（繽紛外語系列；34）
ISBN：978-986-5953-71-3（平裝附光碟片）
1. 韓語 2. 俚語 3. 俗語
803.238　　103005343

繽紛外語系列 34

Fun！有趣的韓國俚語・俗諺

作者：陳慶智
協力研究助理：林韶瑲、留瑜蔓、王炳欽、謝雅玉
責任編輯：葉仲芸、王愿琦
校對：陳慶智、葉仲芸、王愿琦

韓文錄音：李垠政、崔皓熲／錄音室：純粹錄音後製有限公司
視覺設計：劉麗雪／美術插畫：614、Rebecca
印務：王彥萍

董事長：張暖彗／社長兼總編輯：王愿琦
副總編輯：呂依臻／主編：王彥萍／主編：葉仲芸
編輯：潘治婷／美術編輯：余佳憓
業務部副理：楊米琪／業務部專員：林湲洵

出版社：瑞蘭國際有限公司／地址：台北市大安區安和路一段 104 號 7 樓之一
電話：(02)2700-4625 ／傳真：(02)2700-4622 ／訂購專線：(02)2700-4625
劃撥帳號：19914152 瑞蘭國際有限公司／瑞蘭網路書城：www.genki-japan.com.tw

總經銷：聯合發行股份有限公司／電話：(02)2917-8022、2917-8042
傳真：(02)2915-6275、2915-7212 ／印刷：宗祐印刷有限公司
出版日期：2014 年 04 月初版 1 刷／定價：300 元／ ISBN：978-986-5953-71-3

附錄：韓國俚語・俗諺記憶卡

가는 날이 장날

去的日子是市集日。

가는 말이 고와야 오는 말이 곱다

去的話漂亮，來的話才會漂亮。

개같이 벌어서 정승같이 산다

像狗一般地賺錢，像宰相一般地生活。

개구리 올챙이 적 생각 못한다

青蛙沒能想到自己是蝌蚪的時期。

걱정도 팔자다

擔心也是命。

고래 싸움에 새우 등 터진다

因為鯨魚的打鬥，蝦子的背斷了。

01

比喻打算做某事時，很巧合地遇上了其他事。

02

比喻自己必須先對別人説好話做好事，對方才會相同地對待自己。

03

比喻只要能賺錢，即使再低賤辛苦的事也會咬牙去做，但在花錢時，卻毫不手軟。

04

比喻成功了之後，卻忘記自己曾經有過卑微困苦的時候。

05

比喻做了無謂的擔心或取笑別人的干涉。

06

比喻強者之間的爭鬥，而受到池魚之殃。

附錄：韓國俚語・俗諺記憶卡

고생 끝에 낙이 온다

辛苦之後，快樂就會到來。

고슴도치도 제 새끼가 제일 곱다고 한다

刺蝟也說自己的孩子最漂亮。

공든 탑이 무너지랴

費工的塔會倒塌嗎？

구관이 명관이다

舊官就是清官。

구슬이 서 말이라도 꿰어야 보배

三斗的珠子也要串起來才是寶貝。

굿이나 보고 떡이나 먹지

看看熱鬧，吃點年糕。

07

比喻苦盡就會甘來。

08

比喻在父母的眼裡，自己的小孩都是最漂亮、最棒的。

09

比喻盡心盡力所做的事情，其結果一定不會白費的。

10

(1) 比喻無論做什麼事，經驗豐富的人都要比經驗少的人好。
(2) 比喻經歷過後人之後，才知道前人的好。

11

比喻即便是珍貴的東西，也要經過修飾整理後，才會有其價值。

12

比喻不要對別人的事做無謂的干涉，只要看著事情的發展，從中獲取利益就好。

附錄：韓國俚語・俗諺記憶卡

귀에 걸면 귀걸이 코에 걸면 코걸이

掛在耳朵是耳環，掛在鼻子是鼻環。

금강산도 식후경

金剛山也要吃完飯後觀賞。

떡 줄 사람은 꿈도 안 꾸는데 김칫국부터 마신다

要給年糕的人連夢都還沒做，就開始喝起泡菜湯。

까마귀 날자 배 떨어진다

烏鴉一飛，梨子就掉了下來。

꼬리가 길면 밟힌다

尾巴長的話，就會被踩到。

꿀 먹은 벙어리

吃了蜂蜜的啞巴。

13

(1) 比喻做事沒有原則，這樣做也行，那樣做也行。

(2) 比喻對某件事，依據觀點的不同，就可以做出不同的解釋。

14

比喻肚子餓的話，什麼事都沒辦法做。

15

比喻對方根本還沒想到要做某件事，自己就預先期待而開始行動。

16

比喻有瓜田李下之嫌。

17

比喻壞事做多了，一定會被人發現的。

18

比喻無法表達出內心想法的人。

附錄：韓國俚語・俗諺記憶卡

꿩 대신 닭

雞代替雉雞。

꿩 먹고 알 먹는다

吃了雉雞，也吃了蛋。

낫 놓고 기역자도 모른다

放了鐮刀，也不認得韓國文字「ㄱ」。

낮말은 새가 듣고 밤말은 쥐가 듣는다

白天說的話，小鳥會聽。晚上說的話，老鼠會聽。

내리사랑은 있어도 치사랑은 없다

即使有長輩對晚輩的疼愛，也沒有晚輩對長輩的敬愛。

누워서 떡 먹기

躺著吃年糕。

19

比喻沒魚蝦也好。

20

比喻一石二鳥。

21

比喻目不識丁的人。

22

比喻隔牆有耳。

23

比喻晚輩對長輩的敬愛，很難達到長輩對晚輩疼愛的程度。

24

比喻做起來非常容易的事情。

附錄：韓國俚語・俗諺記憶卡

25

누워서 침 뱉기

躺著吐口水。

26

달면 삼키고 쓰면 뱉는다

甜的話就吞下，苦的話就吐出來。

27

더도 말고 덜도 말고 늘 가윗날만 같아라

不要多，也不要少，只要都像中秋節一樣。

28

도둑이 제 발 저리다

小偷說自己的腳麻。

29

도토리 키 재기

橡實量身高。

30

돌다리도 두들겨 보고 건너라

石橋也要敲敲看再過去。

25

比喻自作自受的情況。

26

比喻不管是非對錯，只知謀求自己的利益。

27

比喻希望能夠一直吃得好、穿得好、過著富足生活的期盼。

28

比喻作賊心虛。

29

比喻半斤八兩。

30

比喻即便做非常熟練的事情，也要非常小心注意。

附錄：韓國俚語・俗諺記憶卡

되로 주고 말로 받는다

給人一升，拿回一斗。

될성부른 나무는 떡잎부터 알아본다

有望的樹木從新葉就能看出。

둘이 먹다 하나가 죽어도 모르겠다

兩人吃一吃，一個人死了都不知道。

등잔 밑이 어둡다

油燈下方很暗。

땅 짚고 헤엄치기

手撐在地上游泳。

떡 본 김에 제사 지낸다

趁著看到年糕，順便祭拜。

32

比喻有成就的人，從小就可以看出其與眾不同之處。

31

比喻只給了一點點，卻得到數倍的回報。

34

比喻在自己周遭發生的事，反而不太清楚。

33

比喻食物非常好吃。

36

比喻趁著偶然的好機會，做自己一直想做的事情。

35

比喻事情非常容易。

附錄：韓國俚語・俗諺記憶卡

뛰는 놈 위에 나는 놈 있다

跑的人之上，有飛的人。

말이 씨가 된다

話成了種子。

말 한마디에 천 냥 빚도 갚는다

因一句話，連千兩的債務都能還清。

먼 사촌보다 가까운 이웃이 낫다

比起遠地的堂兄弟姊妹，鄰居更好。

미운 아이 떡 하나 더 준다

討厭的孩子多給一塊年糕。

미운 정 고운 정

厭惡之情，喜愛之情。

38

比喻常掛在嘴邊說的話，最後真的帶來了那樣的結果。

37

比喻人外有人，天外有天。

40

比喻遠親不如近鄰。

39

比喻會說話的人，再困難的事情都能輕易解決。

42

比喻在長期的交往過程中，雖會發生投合或不合的事，但之後都能產生深厚的情誼。

41

比喻對於討厭的人，越是要對他好，讓他對自己產生好感。

附錄：韓國俚語・俗諺記憶卡

믿는 도끼에 발등 찍힌다
被信任的斧頭砍到腳背。

바늘 가는 데 실 간다
針去的地方，線也會去。

발 없는 말이 천 리 간다
沒有腳的馬跑千里。

배보다 배꼽이 더 크다
比起肚子，肚臍更大。

백 번 듣는 것이 한 번 보는 것만 못하다
聽百遍比不上看一次。

백지장도 맞들면 낫다
白紙也是兩個人拿比較好。

43

比喻被相信的人背叛而受到傷害。

44

比喻人或事物的緊密關係。

45

比喻說話時必須小心謹慎。

46

(1) 比喻附加上去的東西比原本的東西還要多。
(2) 比喻本末倒置。

47

比喻百聞不如一見。

48

比喻無論再怎麼容易的事情，合作的話就會變得更加容易。

附錄：韓國俚語・俗諺記憶卡

벼룩의 간을 내먹는다
拿出跳蚤的肝來吃。

벼 이삭은 익을수록 고개를 숙인다
稻穗越是成熟，頭越低。

병 주고 약 준다
給了病，又給藥。

보기 좋은 떡이 먹기도 좋다
看起來漂亮的年糕，吃起來味道也好。

불난 집에 불채질한다
向失火的房子搧扇子。

비 온 뒤에 땅이 굳어진다
下雨之後，土地變硬。

49

比喻奪取處境艱難人士的錢財。

50

比喻越是有修養或成就的人，越是謙虛。

51

比喻傷害了別人之後，才又安撫或袒護別人。

52

比喻外觀好的話，內容也會不錯。

53

比喻火上加油。

54

比喻經過某種試煉之後變得更為堅強。

附錄：韓國俚語・俗諺記憶卡

사공이 많으면 배가 산으로 올라간다
船夫多的話，船會爬上山。

새 발의 피
鳥腳的血。

서당 개 삼 년에 풍월을 한다
待在學堂三年的狗也能吟風詠月。

선무당이 사람 잡는다
生疏的巫婆害死人。

설마가 사람 죽인다
「未必」能殺人。

세 살 적 버릇이 여든까지 간다
三歲時的習慣會一直到八十歲。

55

比喻沒有帶頭的人，人多嘴雜，事情無法順利完成。

56

比喻九牛一毛。

57

比喻沒有任何相關背景和知識的人，待在同樣的環境久了，也會得到相同的知識和經驗。

58

比喻沒有能力，卻還執意去做，最後釀成了大禍。

59

比喻不要心存僥倖，對於所有事情都必須要有所預防及準備。

60

比喻小時候養成的習慣，到老都很難改正，因此從小就要除去壞習慣。

附錄：韓國俚語・俗諺記憶卡

소귀에 경 읽기
對牛耳念經。

소 잃고 외양간 고친다
牛遺失後修牛棚。

수박 겉 핥기
舔西瓜皮。

시작이 반이다
開始就是一半。

십 년이면 강산도 변한다
十年的話，江山都變了。

싼 게 비지떡
價錢便宜的是豆渣糕。

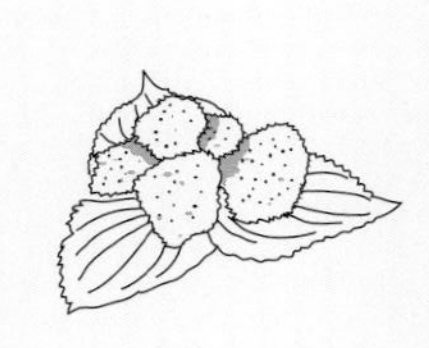

61

比喻對牛彈琴。

62

比喻亡羊補牢，為時已晚。

63

比喻不知其內容，只碰觸其到外表。

64

比喻萬事起頭難，但只要一開始，要完成就沒有那麼困難了。

65

比喻隨著歲月的流逝，所有事物都會改變。

66

比喻便宜沒好貨。

附錄：韓國俚語・俗諺記憶卡

아는 것이 병
知道是疾病。

아니 땐 굴뚝에 연기 날까
沒生火的煙囪會冒煙嗎？

열 길 물속은 알아도 한 길 사람의 속은 모른다
即使知道十個人深的水底，也搞不清楚一個人高的人心。

열 번 찍어 아니 넘어가는 나무 없다
沒有砍十次不倒的樹。

오르지 못할 나무는 쳐다보지도 마라
爬不上的樹連看都不要看。

옷이 날개라
衣服是翅膀。

67

比喻不明確的事，反而會造成煩惱。

68

(1) 比喻一定有什麼原因，才會有這樣的結果。
(2) 比喻一定是有什麼樣的事情，才會有人這樣說。

69

比喻人心難測。

70

比喻無論再怎麼堅持己見的人，經過幾次的勸說之後，也都會改變心意。

71

比喻對於自己能力所不及的事，一開始就要死心。

72

比喻佛要金裝，人要衣裝。

우물 안 개구리
井裡的青蛙。

우물에 가 숭늉 찾는다
去井裡找鍋巴湯。

우물을 파도 한 우물을 파라
即便是挖井，也只要挖一個井。

울며 겨자 먹기
哭著吃芥末。

웃는 낯에 침 뱉으랴
能對笑臉吐口水嗎？

원숭이도 나무에서 떨어진다
猴子也會從樹上掉下來。

73

比喻井底之蛙。

74

比喻個性急躁，搞不清楚事情的先後次序，就急於行動的人。

75

比喻無論做什麼事，都必須持續專注在一件事上。

76

比喻逼不得已去做自己討厭的事情。

77

比喻無法對親切對自己的人做出不好的事情。

78

比喻無論再怎麼熟練和厲害的人，也是會有失手的時候。

附錄：韓國俚語・俗諺記憶卡

윗물이 맑아야 아랫물이 맑다
上游的水要清，下游的水才會清。

입에 쓴 약이 몸에 좋다
苦口的藥對身體有益。

자라 보고 놀란 가슴 솥뚜껑 보고 놀란다
看到鱉受到驚嚇的心，連看到鍋蓋都會嚇到。

잘되면 제 탓 못되면 조상 탓
順利的話，是自己的錯。不順的話，是祖先的錯。

쥐구멍에도 볕 들 날 있다
老鼠洞也有光線照進去的一天。

짚신도 제짝이 있다
草鞋也有其另一半。

79

比喻上行下效。

80

比喻良藥苦口。

81

比喻一朝被蛇咬，十年怕草繩。

82

比喻不管事情順不順利，都解釋成對自己較有利的方向。

83

比喻即便處於非常困苦的環境，也終會有好運降臨的一天。

84

比喻即便是條件不好的人，也都能找到適合他自己的伴侶。

찬물도 위아래가 있다

喝冷水也分上下。

천 리 길도 한 걸음부터

千里的路也從一步開始。

첫술에 배부르랴

會因為一湯匙就飽嗎？

친구 따라 강남 간다

跟著朋友去了江南。

콩 심은 데 콩 나고 팥 심은 데 팥 난다

種黃豆的地方長出黃豆，種紅豆的地方長出紅豆。

티끌 모아 태산

聚集塵土，成了泰山。

85

比喻什麼事情都有它的順序，必須依照這個順序依次進行。

86

比喻千里之行始於足下。

87

比喻不管做什麼事，都不可能一次就滿足。

88

比喻自己不太喜歡的事，卻被別人拖著一起做。

89

比喻種瓜得瓜，種豆得豆。

90

比喻聚沙成塔。

附錄：韓國俚語・俗諺記憶卡

팔이 안으로 굽지 밖으로 굽나

手臂往內彎，會往外彎嗎？

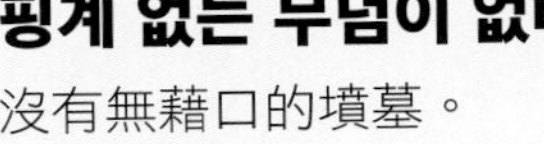

핑계 없는 무덤이 없다

沒有無藉口的墳墓。

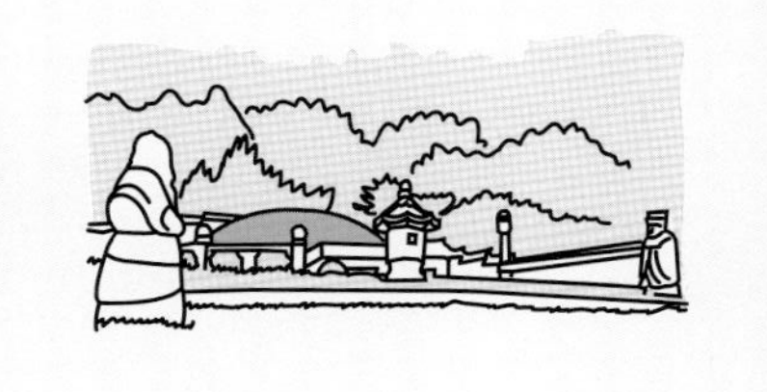

하늘의 별 따기

摘天空的星星。

하늘이 무너져도 솟아날 구멍이 있다

天塌下來，也有穿出去的洞。

하룻강아지 범 무서운 줄 모른다

出生一天的狗不知道老虎的可怕。

형만 한 아우 없다

沒有像哥哥的弟弟。

91

比喻胳膊總是會向內彎。

92

比喻無論做了什麼壞事，都有辯解的理由。

93

比喻做某事難如登天。

94

比喻無論身處於多麼困難的狀況，也都會有解決的辦法。

95

比喻初生之犢不畏虎。

96

比喻無論什麼事情，弟弟都無法做得像哥哥一樣厲害。